NAVIDAD ESPECIAL

Sabina Rogado

A mi hermano, una persona repleta de bondad y de buenos sentimientos. No cambies nunca, Espi.

PRÓLOGO

Madrid, dos semanas antes de Navidad

Sergio y su familia se acomodan en la cabina *Premium* del avión. Como cada año pasarán las vacaciones de Navidad en los Alpes suizos, y nada mejor que hacerlo en un espacio exclusivo. Por regla general, en un habitáculo así caben doce personas, pero en el caso de ellos viajan siete, por lo tanto disponen de mayor espacio y, por supuesto, de todas y cada una de las comodidades que Iberia les puede ofrecer a una familia tan importante como son los Rodríguez, marquesado incluido.

Sergio, el hijo menor, no tarda en ponerse los cascos, es el único que no va acompañado y lo agradece. Cada vez le resulta más complicado sortear las directrices de sus progenitores, pero lo consigue a duras penas, consciente de continuar en la tesitura de romper cada regla establecida y, por consiguiente, alejarse de la actitud recta y pulcra de sus tres hermanos.

Iván, el mayor, abandonó la casa familiar el día en el que se casó con una aristócrata de alta cuna bajo el beneplácito de los Rodríguez. Le siguió su hermana Lucía, la cual contrajo nupcias en la catedral de La Almudena con un reputado abogado que tenía un futuro prometedor, y continuaría con su hermano Mateo, el cual se casaba en unas semanas con una mujer estirada, hija de uno de los socios del todopoderoso señor Rodríguez, y aburrida hasta decir basta.

Por regla general, las parejas de ese nivel social y económico se parecen a rabiar, y Sergio huye de ellas como si se tratara de la peste. Algo que de momento puede permitirse gracias a dos factores imprescindibles; el primero, a consecuencia de trabajar como director de banca en una sucursal situada en pleno centro de la capital y, el segundo, debido a la decisión de emanciparse en cuanto tiene la menor oportunidad.

A sus veintiséis años se ha convertido en uno de los hombres más jóvenes en ostentar un puesto de esas características, y le importa bien poco lo que piensen los demás acerca de sus logros a nivel profesional. Ser hijo de un marqués facilita la vida de una manera sorprendente, tanto es así que su apellido le bastó para que le adjudicaran el puesto a dedo, y a él, que cada vez se le hace más cuesta arriba vivir en la sobria casa de sus padres, no lo duda ni por un instante. Acepta el puesto y deja atrás el hastío que le ocasiona cada fiesta, cóctel o reunión familiar, limitándose a permanecer fuera del alcance de los tentáculos de sus progenitores;

sobre todo, los de su madre, la cual parece obsesionada por buscarle la mujer perfecta para alguien de sus características, llegando a realizar varios entramados en cuanto se refiere a encerronas diversas con tal de que su esquivo hijo asista a citas encubiertas que siempre acaban mal. De hecho, a partir de la enésima encerrona, Sergio cambia de táctica y decide declinar cualquier invitación, un detalle que a la marquesa le da exactamente igual, dándole las indicaciones precisas para que se presente, y claro, sucede lo que ella solita se busca. Su hijo no aparece, muestra que su paciencia tiene un límite y deja plantada a su madre junto a la pretendiente número… a saber.

Ya ni siquiera se acuerda. Está cansado de verse abocado a actuar según las exigencias de una familia tan arraigada, también de complacer a unos padres autoritarios donde los haya y, la mejor manera de conseguirlo, pasa por marcar las distancias, por decirlo de alguna manera.

Sí, Sergio es consciente de que se ha convertido en la oveja negra de la familia, no como sus hermanos, los cuales no dudaron, ni por un instante, en acatar a la perfección lo que se esperaba de ellos, en cambio, él, se limita a vivir la vida loca y después ya tendrá tiempo de volver al redil. Es por ello que se echa el mundo por montera, alquila un *loft* en pleno barrio de Salamanca, uno de los más exclusivos de Madrid, y no le importa la perplejidad y el desagrado de su familia al completo.

La costumbre obsoleta, rancia y pasada de moda, en cuanto a que debe de permanecer en casa de sus padres hasta que se case es, como poco, absurda en pleno siglo XXI, y el benjamín de la casa parece dispuesto a dinamitar cada una de las reglas absurdas que no le convencen en absoluto.

Sí, así es Sergio Rodríguez, aunque de lo que nunca se librará es del viaje tedioso, aburrido y soso de cada maldita Navidad a Suiza. Puede que por ello la odie tanto. Es, con diferencia, la peor época de los doce meses, y mucho se teme que este año será completamente igual de soporífero que el anterior.

¿Se equivocará? Mucho se teme que no.
¡Maldita Navidad!

CAPÍTULO 1

Sergio, St. Moritz

Llegamos al hotel Badrutt´s Palace, uno de los mejores en tan pintoresco pueblo, y en cuanto tengo la oportunidad me escabullo, o al menos eso trato de hacer.

No me sale como quiero.

—Querido, te esperamos para comer a las dos en punto.

«Casi, pero no lo consigo».

—Vale, mamá —asiento con cara de cordero degollado.

Qué iluso, y yo creyendo que podría escaquearme durante el resto del día, cuando nada más lejos de la realidad. Presiento que mi cuadriculada familia será fiel a sus costumbres y haremos exactamente lo mismo que los años anteriores.

La mala leche va creciendo y salgo

escopetado hacia los ascensores. Prefiero estar solo y no espero a nadie.

También me sale mal. Mi hermana Lucía acelera el paso y se sitúa a mi lado.

—Qué, hermanito, ¿un mal día? Se te ve agobiado.

—Agobiado no es la palabra, Luci, más bien lo que estoy es harto. ¿Cómo podéis soportarlo? Estás casada y podrías irte al fin del mundo si quisieras.

—Ah, no, aquí el rarito eres tú. Todos estamos encantados de pasar la fiesta de Navidad juntos. Por cierto, te adelanto que no tardarás en llevarte una grata sorpresa.

—No me jodas, Luci, ¿de qué coño hablas?

—Ya lo verás. Me voy, tengo sesión de *spa* con masaje.

—Pero si acabamos de llegar.

—Por eso mismo, aprovecharé las instalaciones al máximo, que para eso le cuestan un ojo de la cara a papá.

Da media vuelta y me deja con peor cuerpo del que ya tenía.

«Sergio, respira. Con tu actitud el único que tiene todas las de perder eres tú y saldrás escaldado», me digo a mí mismo.

Una mierda, ¿qué habrá querido decir con lo de que me espera una grata sorpresa?

Las puertas del ascensor se abren y entro en el interior. Bah, paso de comerme la cabeza, total, para lo que me va a servir…

Una vez que estoy en mi habitación me tumbo sobre la cama y cierro los ojos, lo hago con un único pensamiento.

«Por Dios, que pasen pronto estas dos semanas».

***

Bajo al salón a la hora indicada, ni un minuto más, ni un minuto menos. La intención es dejarles claro que voy a portarme bien y así, con un poco de suerte, se olvidarán de mí, me dejaran a mi aire y aprovecharé para marcar las distancias. Fácil, ¿verdad?

Avanzo con el gesto relajado y con una sonrisa en la cara, aparto la silla para sentarme y… un mal pálpito me sacude en cuestión de segundos.

¿Por qué hay un hueco a mi lado si ya están todos?

Joder, rebobino de inmediato y recuerdo las palabras de mi hermana acerca de la grata sorpresa que iba a llevarme. Es entonces cuando entiendo que no estaba bromeando y me envaro.

No, no puede ser, ¿acaso a la loca de mi madre se le ha ocurrido la disparatada idea de invitar a alguien? Porque ya lo veo venir.

Mi cara se descompone al escuchar los murmullos de mis hermanos, los capullos están descojonándose a mi costa e intuyo que el asunto es grave de narices.

Lo es, lo corroboro al percatarme de quién es la persona que entra en el salón con aire triunfal, acercándose a la mesa en la que nos encontramos, y saludando a los presentes encantada con la situación.

De inmediato reto a mi madre con la mirada, lo hago con una advertencia clara y concisa, y ella se limita a obviarme.

—Querida, que alegría encontrarte por aquí, ha sido una enorme casualidad el que te alojaras en el mismo hotel que nosotros, ¿no crees?

«Sí, menuda casualidad», me digo mordiéndome la lengua.

Catalina, la candidata a la que dejé plantada junto a mi querida madre, allí está, dispuesta a dejarse guiar por las directrices de la marquesa con tal de llevarse el botín.

O sea, yo.

—Siéntate al lado de Sergio, aprovecharemos esta casualidad para que os conozcáis un poco más en un ambiente tan especial.

—Mamá… —trato de protestar sin que me sirva de nada.

—Sergio, cariño, tengamos las vacaciones en paz, ¿de acuerdo? Pasé por alto el plantón que nos diste una vez, pero no volverá a suceder. Catalina ha viajado sola y tú serás su acompañante, ¿entendido? Y ahora pidamos.

Clara y directa, así acababa de manifestarse y no aceptará ningún comentario acerca de su decisión, por lo que no me queda otra que claudicar, mientras observo de nuevo a mis hermanos y resoplo en mi interior. Debo emplear cualquier atisbo de paciencia para no increparles, y mira que ganas no me faltan. Se lo están pasando demasiado bien a mi costa, es algo que odio, y mucho me temo que será así el resto de los catorce insufribles días que nos quedan por delante.

¿Cómo se les ocurre ponerme en semejante aprieto? Seguro que ellos también han intervenido en el maravilloso plan de amargarme la estancia en Suiza y ahora, para más *inri,* me veo obligado a cargar con una compañía que odio.

Pues oye, ¡qué bien! Esto parece que va mejorando.

—Catalina, toma asiento —es lo único que le digo antes de prestar atención a la conversación que mantiene mi cuñado.

Tal y como sucede siempre, aprovecha para ponernos al corriente de sus logros como abogado y hasta yo, que me importa un bledo, presto toda mi atención con la finalidad de dejarle claro «a la Catalina de las narices» que no estoy dispuesto a colaborar con ella. Por mí como si se congela en medio de la calle y se convierte en un muñeco de nieve, porque lo que es yo, paso de ella.

Sí, ya sé que soy un grosero, y también que mi madre no tardará en cantarme las cuarenta, pero es lo que hay. Que se lo hubiesen pensado mejor antes de suponer que iba a mostrarme como un auténtico caballero, porque desde luego no lo soy ni lo pienso ser.

Es lo que hay.

Terminamos la comida y ya están haciendo planes para la tarde, toca paseo por el pueblo y recorrer su mercadillo navideño. Lo que faltaba.

—Id vosotros, prefiero subir a mi habitación —suelto a la desesperada.

—De eso nada, Catalina está muy interesada en verlo y tú nos acompañarás, jovencito.

—Mamá, ¿de verdad vas a estar detrás de mí

los catorce días?

—Por supuesto, así aprenderás a que no te conviene dejarme plantada. Vamos, chicos. Comencemos las compras navideñas.

Y la Catalina de los cojones se agarra a mi brazo sin contemplaciones.

¿De verdad?

Las risas de los demás no tardan en llegar a mis oídos y barajo la posibilidad de no volver a hablarles en la vida. Se lo tendrían más que merecido.

***

El resto de la tarde la pasamos entre el mercadillo, cargando bolsas a diestro y siniestro, y parando para tomar un chocolate caliente. Después cada uno a arreglarse y vuelta al salón.

Son las doce y media de la noche cuando al fin puedo librarme de Catalina, de mi familia y de la madre que los parió a todos. Llego a mi habitación y me acuesto sin desnudarme siquiera. El terrible dolor de cabeza no me da tregua y mucho me temo que no me abandonará hasta que llegue a Madrid, el lugar en el que se encuentra mi libertad casi absoluta.

CAPÍTULO 2

Julia

Miro el reloj por quinta vez, hoy ha sido un día para olvidar y solo pienso en llegar a mi estudio de quince metros con la intención de tirarme sobre el sofá y hacer *zapping* con el mando a distancia. Después de casi ocho horas de pie las piernas las tengo muy cargadas y piden a gritos un descanso, algo normal si tenemos en cuenta que soy dependienta de unos grandes almacenes.

Bueno, ya falta menos.

A las diez y dos minutos salgo al exterior y un frío helado me estremece. Saco del bolso mi kit de supervivencia para los meses de invierno, el cual consiste en guantes, gorro y bufanda, y no tardo en ponérmelos mientras camino por la calle Preciados de Madrid hacia la parada de autobús. Desde que las luces de Navidad decoran cada rincón me niego a coger el metro, es una especie de tradición y no me importa llegar más tarde a casa. Merece la pena.

¿Os había dicho ya que me encantan estas fechas? Sí, debo de ser *masoca* o algo parecido, es cuando mayor volumen de trabajo hay y parece que no le doy la importancia suficiente. Bueno, tampoco vamos a engañarnos, las comisiones son altas y gracias a ellas puedo darme algún que otro capricho, que siempre viene bien.

Admiro obnubilada la decoración navideña, y el entusiasmo de la gente con la que voy cruzándome, cuando el pitido de mi teléfono móvil se escucha a través del bolso al llegar a la parada. Por fortuna el *bus* llega en ese instante y me subo.

Vaya, como cada noche está a reventar y busco un sitio a la desesperada.

Diciembre es un mes de contrastes, está repleto de variedades y la norma general son las compras compulsivas, el frío, las carreras y las caras de felicidad reflejadas en los niños, y no tan niños.

Veo un asiento libre y allá que me lanzo de cabeza, una vez acoplada cojo el móvil, que no ha dejado de pitar, y descubro que tengo varios mensajes del grupo llamado «Las Loquis». Vamos, de Susana, de Paula y de una servidora.

Pero bueno, ¿a estas qué les pasa hoy?

Y empiezo a leer el primer wasap enviado hace un rato.

Susi
Loquissssssssssss, no os lo vais a creer.

Pau
Tía, ¿qué leches te pasa? Estoy estudiando.

Susi

Pues estudia y deja el móvil, que luego dirás que suspendes por mi culpa.

Pau

La verdad. Bueno, ¿qué es eso que no nos vamos a creer?

Susi

¿No decías que estabas estudiando? Vaya, vaya, parece que he acaparado toda tu atención, y ya te digo que vas a caerte de culo cuando te enteres de la noticia. Bueno, la que se va a caer de culo más bien va a ser Jul.

Pau

Tía, a ti se te va la olla, ya te lo digo. Venga, cuenta. A nuestra Jul le quedan unos minutos para salir y ver el móvil, y a mí no me puedes dejar en ascuas, entonces sí que no podré concentrarme y serás la culpable de que suspenda, así que ya estás largando por esa boquita de piñón que Dios te ha dado.

Susi

Bien, allá va… NOS HA TOCADO LA PRIMITIVA.

¿Quééé?

El móvil se me cae de las manos, termina estampado contra el suelo y el acompañante que está situado a mi derecha lo coge y me lo tiende.

—¿Estás bien?

—¿Qué?

—Que si estás bien, se te acaba de caer el móvil y ni siquiera te has movido para cogerlo.

—Eh, sí, sí.

El chico me mira con cara de pocos amigos, ni siquiera le he dado las gracias, y yo a lo mío.

No, no puede ser, ¿de verdad nos ha tocado el juego de azar al que jugamos todas las semanas?

Imposible, esto debe de ser una especie de broma, ¿o no?

Y sigo mirando los mensajes, solo que esta vez con unos sudores increíbles.

Pau

A tomar por culo, ¿QUÉ HAS DICHO?

Repítelo, porque existe la posibilidad de que sea

lerda y no haya leído bien…

Pues ya somos dos.

Susi

Mando captura para que lo confirméis, no es mucho si tenemos en cuenta que hay que pagar a hacienda y después repartirlo entre las tres, aunque…

No puedo seguir leyendo, me salgo de la aplicación y voy directa a internet. Necesito saber el premio que hemos ganado, si eso, ya después, seguiré leyendo a *Las Loquis* y contestaré.

Intento teclear todo lo rápido que puedo y…

Plas, el teléfono al suelo otra vez.

—¿A ti qué coño te pasa? —me increpa el

hombre de al lado.

—Lo-lo siento —tartamudeo con histeria—, me acabo de enterar de que me ha tocado la primitiva y no soy capaz de saber cuánto.

—¿Qué? Haberlo dicho antes.

Y va y coge el móvil del suelo, por segunda vez, para después acercármelo y decirme:

—Desbloquéalo, porque eso sí podrás hacerlo, ¿no?

—¿Qué?

—Venga, me bajo en la siguiente parada y quiero ayudarte.

—Ah, vale.

Dos intentos después lo consigo y se lo doy. Total, sé que se me va a caer otra vez…

—Veamos, ¿te sabes los números a los que juegas de memoria?

—Sí, los acabo de memorizar, nunca son los mismos —asiento con el corazón disparado.

—Bien, pues aquí dice que son el cuatro, el treinta y seis, el doce, el ocho, el veintiuno y el cuarenta y cuatro. ¿Cuántos tienes acertados?

—¿Eh?

El chico sonríe y me coge la mano.

—Tranquila, puedes hacerlo —comenta acercando la pantalla para que los vea.

Uno a uno pasa por mi mente y, en efecto, tenemos varios aciertos, entre ellos el complementario.

—Cuatro y el complementario —susurro con un hilo de voz. La muy *capulla* parece que se ha esfumado y me cuesta hasta hablar con algo de normalidad.

¿Será posible?

—Pues según pone aquí, y redondeando, el premio es de veinte y cinco mil euros, enhorabuena.

Sin más deja el móvil entre mis manos y se marcha. Su parada le espera.

—Gracias —logro decir mientras hago cuentas.

Si hacienda se lleva casi el veinte por ciento, eso quiere decir que tocamos a unos seis mil y pico de euros, ¿no?

Ay, Jesús, creo que va a darme algo.

De pronto me cuesta respirar, siento un calor abrasador en cada poro de mi piel y no me lo pienso. Aprovecho que las puertas del bus siguen abiertas y salgo al exterior. Creo que un buen paseo es lo que necesito, aunque termino helada de frío, sentada en los asientos metálicos de la marquesina, mientras continúo observando el resto de los mensajes.

Bueno, en realidad releo el último antes de seguir.

Susi
Mando captura para que lo confirméis, no es mucho si tenemos en cuenta que hay que pagar a hacienda y después repartirlo entre tres, aunque…

Frunzo el ceño con un gesto de confusión, ¿a qué se refiere con ese «aunque, puntos suspensivos»?

Pau
JODER, JODERRR, Susi, ya sé lo que se te

está pasando por la cabeza y estamos completamente de acuerdo, pienso igual que tú. JUL, CONTESTA EN CUANTO PUEDAS, ESTO ES SERIO DE NARICES.

Sí, sí, ni que fuera tan sencillo contestar. Ahora, aparte de la histeria que tengo encima, se me han quedado las manos entumecidas por el frío, ¿quién da más?

Si es que soy patética.

—¿Vas a quedarte ahí toda la noche? —escucho a mi derecha.

—¿Eh?

El chico de antes es el responsable de hacerme esa pregunta, y las circunstancias ni siquiera me permiten darme cuenta del lugar en el que estoy.

—Te pregunto que si vas a quedarte ahí toda la noche, porque si es así te vas a coger un resfriado de los buenos.

—¿Eh? —repito con cara de boba. Lo que debo de ser para este chico y no le culpo.

Boba, gilipollas y tonta del culo. Sí, eso debo de parecerle.

—Anda, te invito a un café. Estás temblando.

Es escuchar la invitación y los sentidos, por fin, despiertan a la vez. Salgo del trance en el que estaba y miro a mi alrededor.

¿Qué leches hago en mitad de la nada? La noticia que he recibido ha dado al traste con el sentido común que me suele preceder y resulta que estoy en una calle desierta, a saber dónde, y encima con un desconocido que quiere invitarme a un café.

¿Y si es un violador?

La nube soñadora en la que estaba se deshace en cuestión de segundos, estrellándose de lleno, y me levanto del asiento con un gesto que me delata.

—Oye, oye —alega alzando las manos—, que has sido tú la que se ha bajado detrás de mí y se ha quedado sentada sin abrigo cuando la temperatura marca menos un grado, no vayas a ser una mal pensada, ¿eh?

—Si te has bajado antes que yo, ¿por qué has vuelto? No pensarás en robarme, ahora que sabes que me ha tocado la lotería, ¿verdad?

El hombre contesta con una sonora carcajada, y después:

—Creo que para demostrarte que no tengo malas intenciones deberé presentarme antes. Hola, me llamo Juan y no soy ningún ladrón, tan solo he mirado hacia atrás por casualidad y, al verte, he pensado que quizá sigas necesitando ayuda. Parecía que seguías en *shock*.

—Ah.

El móvil nos interrumpe y suena, esta vez anunciando que es una videollamada, ¿y sabes qué? Del frío que tengo no puedo ni cogerlo.

—Menos mal que has dado conmigo, de ser otro ya estaría bien lejos con tu teléfono. Anda, trae.

El desconocido lo coge y, sin más, descuelga la videollamada.

Las voces de mis amigas no tardan en llegar a mis oídos.

—¿Se puede saber quién eres? —pregunta Susi sin cortarse ni un pelo.

—Sí, sí lo puedes saber. Soy Juan.

—¿Juan? ¿Qué Juan? —le interroga ahora Paula examinándolo con atención.

—A ver, antes de que me hagáis un interrogatorio os pondré en antecedentes. Mirad.

Gira el móvil y aparezco en pantalla.

—¿Jul?

—Tranquilas, está bien, un poco afectada por la noticia de la primitiva, pero por lo demás bien. Ha bajado en la misma parada que yo y he decidido ayudarla, está un poco perdida.

—La hostia —grita Susi—, Jul, ¿ese degenerado te ha hecho algo?

—Lo que faltaba —sisea Juan cabreado—, está visto que no se puede ser un buen tipo. A ver —repite resoplando—, vuestra amiga se ha bajado del autobús y se ha quedado plantada sobre uno de los asientos, ni siquiera tiene la cazadora, ni el bolso, y por aquí, a estas horas, no suele haber mucha gente. En resumen, no quiero dejarla sola hasta que se deje de gilipolleces y piense por ella misma. Total, unos veinticinco mil euros no son razón suficiente como para que la sensatez se olvide de que existe, ¿no creéis?

El ridículo, y una verdad como una catedral de grande, acuden a mí por arte de magia.

Punto número uno, mucho me temo que he dejado olvidados el abrigo y el bolso en el autobús.

Punto número dos, el móvil no porque lo tenía en la mano, que si no…

Punto número tres, estoy a disposición de un tal Juan, el cual parece un tío majo, dispuesto a ayudarme, cuando bien podría ser un asesino, un violador o a saber qué más.

Y punto número cuatro, necesito que las chicas acudan a mi rescate, lo que quiere decir que deberé de aceptar la invitación a tomarme un café o barajo la posibilidad de quedarme congelada hasta que lleguen.

—Chicas —comienzo a decir a la vez que trato de coger el móvil—, tenéis que venir a buscarme, estoy en…

Plas. Esta vez no tengo suerte y el móvil termina con la pantalla hecha añicos y sin dar señales de vida.

¿Y ahora qué?

Si es que no se puede ser tan torpe, gilipollas, distraída y emocional. ¿De qué me vale haber ganado la lotería si puede que no salga de esta?

Miro hacia arriba, dándome de lleno con unos ojos que me escrutan sin amilanarse y…

Y después siento sobre mis hombros el abrigo del que se acaba de convertir, por méritos propios, en mi salvador.

—La casa de mi novia está a unos minutos, ella te dejará ropa de abrigo y después te llevaremos a donde quieras.

—Gracias, Juan.

Suspiro de alivio y sigo sus pasos.

CAPÍTULO 3

Julia

El avión aterriza en Zúrich y miro embelesada a través de la ventanilla. Es la primera vez que cojo un avión, también que viajo al extranjero y un millar de mariposas pululan en el interior de mi estómago.

—Vamos, Jul, no te quedes ahí como un pasmarote, todavía nos queda un largo camino hasta llegar a St. Moritz.

—Sí, Jul, desde que salimos de Madrid estás de un intenso...

Las que hablan son las artífices de que esté allí, sin ellas mi gran sueño de pasar una Navidad especial no sería posible, y las amo aún más si cabe por ello. Tanto Susi como Paula llevaban ahorrando varios meses para disfrutar de un escenario de cuento y la casualidad, la fortuna, o llámalo como quieras, decidió que yo también debería de estar en ese lugar, junto a ellas. Sí, mis dos locas son las culpables de que esté hoy aquí, y todo a raíz de que, después de cobrar el premio de la primitiva, y sin decir nada, se presentaran en mi trabajo con un billete de avión a mi nombre. ¿No son adorables? Ambas han preferido que el dinero sea íntegro para disfrutarlo y no pude negarme. ¿Cómo hacerlo?

Y oye, me lie la manta a la cabeza, hablé con mi responsable, el cual flipó al comentarle las novedades, y terminé de patitas en la calle. Solo a alguien como a mí se le ocurre pedir una semana de vacaciones en plena vorágine de compras, desperdiciando varias comisiones jugosas, para terminar dando el paso de buscar un empleo mejor. Sí, parece que me he vuelto loca del todo, de hecho puede que lo esté, aunque por nada del mundo iba a rechazar formar parte de un cuento de Navidad, y menos cuando lo tenía al alcance de las manos. No, ni hablar. Ya, cuando regrese, haré indagaciones y buscaré otro empleo porque, lo que estaba claro, era que ni muerta iba a desaprovechar una oportunidad así.

No, ni muerta.

Cada una coge su maleta y emprendemos el camino hacia la estación de tren, se encuentra en el mismo aeropuerto y dicha información resultó un alivio cuando lo supimos. En este país todo es carísimo y, para estirar los euros de la primitiva, debemos de ajustar nuestro presupuesto al céntimo.

Con la ayuda del francés excelente de Susi no nos perdemos y llegamos a la estación, allí enseñamos los billetes y buscamos nuestros asientos. Todavía nos falta un buen tramo hasta finalizar el viaje, el trayecto hasta St. Moritz dura casi cuatro horas y no tenemos que hacer cola. Los billetes los compramos en la agencia de viajes de Madrid, el lugar en el que nos informaron de que cabía la posibilidad de coger un tren más rápido, aunque claro, declinamos la opción en cuanto vimos la diferencia de precio que existía. Total, lo que tardaba menos era una hora de camino, por lo tanto, ¿qué más daba? Ya eran suficientes los sesenta y ocho euros que costaba cada billete como para aspirar a llegar antes.

Dejamos el equipaje en los altillos y mis amigas no tardan en acoplarse, quedándose dormidas y pasando más de la mitad del viaje roncando. La noche anterior no pudimos pegar ojo y ahí están las consecuencias, en cambio, yo, ojeo a través de la ventana y no pierdo detalle. El entusiasmo que me precede me imposibilita conciliar el sueño cuando hay tanto por descubrir.

Cuando llegamos sé, sin ningún tipo de duda, que este viaje será único. Así lo trasmite el paisaje con sus tejados y montañas nevadas, las luces y, sobre todo, la postal de cuento que veo con mis propios ojos, porque lo es.

St. Moritz se adentra en mis retinas, de tal forma, que unas lágrimas de felicidad asoman por mis ojos.

Guau, esto es, sencillamente, una preciosidad.

—Chicas, chicas, hemos llegado —chillo entusiasmada bajo el escrutinio general de los demás pasajeros, los cuales me observan con mala cara.

—Jul, si vas a estar así todo el tiempo te juro

que dejo de hablarte —comenta Susi fulminándome con la mirada.

—Sí, sí, lo que tú digas, pero haz el favor de mirar por la ventana y decirme lo que ves, anda.

Las dos se incorporan y terminan obedeciéndome.

—¡Joder! —terminan exclamando al unísono ante las vistas tan espectaculares.

—Vamos, estoy deseando bajar —sigo en mi línea exaltada comenzando a caminar por el pasillo.

Ninguna se opone y nos ponemos manos a la obra, tanto es así que somos las primeras en sentir el gélido frío en cuanto bajamos del tren y ponemos los pies en el suelo.

—Según el termómetro hay menos diez grados —dice Paula envuelta en capas y más capas de tejido.

Algo en lo que coincidimos, antes de emprender las vacaciones tuvimos que realizar varias compras, entre ellas ropa de abrigo de todo tipo, y menos mal. De no hacerlo nos habríamos convertido en estalactitas de hielo en un segundo.

—Su puta madre, vaya frío que hace —secunda Susi agarrando el asa de su maleta—, vamos, cojamos un taxi antes de que nos quedemos congeladas.

Las tres nos dirigimos a la parada y cogemos uno. El hotel de tres estrellas en el que nos hospedaremos no está lejos, aunque preferimos no correr riesgos innecesarios.

Por nada del mundo estamos dispuestas a resbalarnos y amargarnos un viaje tan especial, y nos metemos en el interior del coche de inmediato.

El calorcito nos reconforta mientras el taxista se hace cargo de nuestro equipaje.

—Chicas, ¡estamos en St. Moritz! —grito dando saltitos sobre el asiento—, en cuanto estemos instaladas dejamos nuestras cosas y nos vamos al mercadillo, ¿vale? He preparado una guía detallada de todo cuanto vamos a ver.

Mis amigas miran al techo y ponen los ojos en blanco.

—Ay, madre, que al final nos vamos a arrepentir de traerte y todo. ¿De verdad vas a estar así de exaltada todos los días?

—Por supuesto —alzo la voz mirando por la ventanilla del coche.

Da igual hacia donde mire, el encanto nos envuelve y ni siquiera el frío podrá con mi entusiasmo. Oh, no, nada de eso.

Una vez que está listo, el conductor nos pide la dirección y allá vamos, avanzando por la carretera libre de nieve gracias al trabajo de los operarios, los cuales están al pie del cañón para que los turistas puedan moverse con la seguridad que se espera en un lugar en el que, en esas fechas del año, es visitado por la gente más influyente de medio planeta, sin contarnos a nosotras tres, claro.

Bendita lotería.

CAPÍTULO 4

Sergio

No puedo más. Llevo cuatro días en este pueblo que rezuma Navidad por los cuatro costados y el nivel de atragantamiento es descomunal. Odio los villancicos, odio las luces, odio las compras, odio todo lo que me rodea. El único momento del día que merece la pena es cuando me subo al telesilla con los esquíes, me paso horas y horas deslizándome por las pistas nevadas y consigo evadirme de lo que me espera abajo; y digo esto porque Catalina no sabe esquiar y ha sido una verdadera bendición. Estoy tan saturado de ella que, con toda probabilidad, la hubiese terminado empujando colina abajo. Y no, no bromeo.

En fin, otra tarde que finaliza, dando al traste con la maravillosa sensación de soltar toda la adrenalina bajo mis pies, y toca regresar a la cruda realidad. Lo hago dando un paseo tranquilo y admito que la soledad me sienta bien. Es la primera tarde que ninguno de mis hermanos han decidido subir a la montaña, prefiriendo relajarse en el *spa*, y me ha venido de lujo. Ojalá, con un poco de suerte se repita, me tienen hasta los huevos con las bromas acerca de lo buena pareja que hacemos Catalina y yo, y asumo que me las están dando todas juntas. Esto me pasa por burlarme de ellos en cuanto tengo la menor oportunidad. Ahora es su turno y toca aguantarse. Así es la vida.

De camino al hotel opto porque la sensatez se apiade de mí y lo consigo a través del optimismo. Total, ya falta menos para regresar a mi *loft* de Madrid, y ya vislumbro el pedazo de juerga que voy a correrme junto a mis amigos. Resarciré con creces la penitencia impuesta por mi querida madre y no volveré a ver a la mujer que me provoca sarpullidos por el simple hecho de tenerla cerca, ¿qué importan unos días más? Seguiré en mis trece, me comportaré con educación y continuaré frenando de raíz sus intentos implacables de llevarme al huerto. Mira que se pone pesada… ¿acaso no se da cuenta de cada una de mis negativas cuando trata de acompañarme hasta mi habitación?

«Vamos, Sergio, has de aguantar diez días y volverás a tu ansiada libertad, no es para tanto, ¿verdad?».

No, no lo es y puedo hacerlo. Venga, que está chupado.

Encaro el tramo final con ganas y, de repente, una escena a escasos metros de donde estoy acapara toda mi atención. Empieza por unas voces españolas, cantando el villancico de los peces en el río, y me giro para observar tan dantesca escena.

Joder, ¿no se pueden ir a cantar a la otra punta del pueblo?

Fijo la mirada en las tres mujeres que parecen darlo todo y flipo. El ridículo que están haciendo debería de importarles y nada más lejos de la realidad. Es más, a una de ellas se le cae el gorro que lleva y uno de los viandantes que pasa en ese instante deja un billete en su interior.

Ver para creer, ¿y qué hacen ellas? Se parten de la risa, dando indicios de que deben de estar algo bebidas, y entonan con más brío el puto villancico.

Y ahora sí que sí barajo la posibilidad de que empiecen a salirme salpullidos de verdad, así que, echo una última mirada a la chica a la que se le ha caído el gorro, y la necesidad de huir de allí cobra vida a través de unas piernas que siguen su camino con un cabreo que va en aumento, llevándose el sosiego que tanto me ha costado recuperar, y la culpa la tienen esas tres a las que, por fortuna, no conozco de nada.

Si ya lo digo yo. ¡Maldita Navidad!

Instantes después entro en el hotel, voy directo a la habitación y clamo al cielo al escuchar de fondo el hilo musical con más villancicos.

¿Es que no existe ningún criterio musical a la hora de decidir qué canciones se ponen o no?

***

Esa noche no me libro de otra cena de gala, vestidos para la ocasión, y con el grano en el culo a mi lado. ¿Cómo no?

Nada, por más que trato de ignorarla parece dispuesta a no darse por vencida. Es dura de roer y acepto, al cuarto día, que no me libraré de ella en todas las vacaciones, lo que significa que si quiero echar una canita al aire me va a resultar casi imposible.

Mierda.

—Chicos, esta noche nos retiramos antes —nos avanza Lucía una vez que hemos terminado los postres—. Mañana nos vemos a las siete, recordad que cogemos el Bernina Expressun muy temprano.

—Sí, creo que es la mejor opción. Nosotros tampoco saldremos, ya aprovecharemos mañana la noche en el casino —secunda Iván.

—¿Y tú qué dices, cariño? —le pregunta Mateo a su prometida.

—Nos quedamos.

—Anda —apostilla mi señora madre en cuanto tiene la ocasión—, así Catalina y tú podréis disponer de un poco de tiempo a solas, desde que llegamos siempre estáis con nosotros.

Y me lanza tal mirada de aviso que no me da ningún tipo de opción, por lo que me dispongo a ceder cuando, de repente, se obra el esperado milagro.

—Hoy no me encuentro muy bien que digamos, he debido de coger algo de frío y prefiero descansar para que mañana esté en plena forma —nos informa una Catalina con no muy buena cara.

Ni siquiera me había dado cuenta, y ahora, cuando lo dice, entiendo el que haya estado tan callada a lo largo de la velada.

—Bueno, otro día será —comenta la

marquesa sin darse por vencida.

Otra que es dura de roer.

Y así es cómo, de buenas a primeras, veo el camino libre para tomarme una copa, conocer a alguna chica que me agrade y ya veremos lo que surge después.

Sin duda el mejor plan para una noche como esta.

No tardo en escabullirme, eso sí, antes me cambio de ropa, que bastantes trajes llevo ya en el día a día.

*****

Pido un taxi y le doy la dirección a la que quiero ir. Aquí el idioma predominante es el alemán y no tengo ningún problema.

Poco después estoy en el número cincuenta y cuatro de Via Maistra. El lugar en el que se encuentra la discoteca llamada Dracula´s Ghost Riders Club, y entro directo, sin dilación. El frío en la calle es extremo y no me sorprendo al saber que estamos a quince grados bajo cero.

La música, el local atestado de gente, y el reconfortante calor, me reciben en cuanto paso al interior y voy directo a la barra. Allí me pido un combinado de ron con Coca-Cola y echo un vistazo a la pista de baile. Está a reventar y sonrío.

Al fin algo de normalidad, ya era hora.

Bebo con ganas y degusto el líquido mientras mis ojos recorren la discoteca en busca de algo que me atraiga. En mi campo de visión aparecen hombres y mujeres de estatus alto, contoneando las caderas al ritmo de la música, y creo que tendré que currármelo a base de bien si lo que aspiro es a acabar entre las sábanas de alguna fémina. El cuerpo me pide a gritos un poco de salseo y no voy a negárselo.

Hasta ahí podíamos llegar.

A continuación doy vía libre a mi modo selectivo, a través de mis retinas, y allá que me lanzo; veamos qué nos ofrece la noche.

El nuevo barrido que practico a la multitud lo hago más despacio, mi objetivo es que no se me escape nada cuando… un momento, ¿esas tres chicas no son las que cantaban villancicos como si no hubiese un mañana?

Me fijo en la pelirroja, la misma a la que se le cayó el gorro, y reconozco que me atrae su sonrisa, su desparpajo a la hora de bailar y, sobre todo, el minúsculo vestido que lleva.

Mi entrepierna no tarda en despertar, palpita llamando mi atención y lo tengo claro. Acabo de decidir, ¿saldrá bien?

Ingiero el resto de la copa y la dejo sobre la barra, después camino en una única dirección, detengo mis pasos a escasos metros de ella y clavo mi mirada en la expresión de su cara. Radia felicidad por los cuatro costados y me gusta. Es la candidata perfecta para lo que busco.

Y ahí me quedo, plantado en el inicio de la pista, para no llevarme ningún pisotón, a la par que mi expresión da los indicios suficientes como para saber qué es lo que quiero, y no, no es la tarjeta del hormiguero, precisamente.

¿Se dará por aludida?

CAPÍTULO 5

Julia, unas horas antes

Susana y Paula se miran entre sí y dejan a las claras el estado de estupefacción en el que se encuentran.

—¿De verdad que estás dispuesta a ponerte mi vestido de *zorry*? —me pregunta la primera dejándolo sobre mi cama.

Las tres decidimos, desde el instante en el que nos dimos cuenta del estratosférico precio de un hotel tan simple, que lo más sensato sería compartir la misma habitación. Resultó imprescindible para nuestro propósito, y este no era otro que disfrutar de cada instante en un mundo creado para ricos.

¿Qué importaba dormir bajo el mismo techo?

—¿Y por qué no? —contesto secándome el pelo con la toalla del baño—. Antes de salir de Madrid hicimos una enmienda y pienso cumplirla a rajatabla. ¿Acaso pensabais que no podría llevarla a cabo?

—Pues sí, nena, por supuesto que lo pensábamos. Eres siempre tan mojigata…

—Ahí te equivocas, Susi, el que mis piernas estén cerradas a cal y canto, a hombres esporádicos, no es mojigatería, sino mi principal ley de vida.

—Sí, claro —añade Paula mascando chicle sin parar—, así te va. ¿Cómo va a querer nadie ser tu novio si hasta la tercera cita no les dejas meter lengua?

—Que basta eres, hija, además, discrepo contigo. Si ningún hombre está dispuesto a esperar por algo tan importante, como un beso, eso es porque no es mi tipo. Ya sabéis que necesito mi tiempo para…

—Sí, ya lo sabemos, para aburrirte como una ostra, llorar por las esquinas y morirte de la envidia cuando nos ves en acción.

—Serás petarda… si Alex te escuchara.

—¿Alex? ¿Quién es Alex?

Le lanzo una almohada y le doy en toda la cara.

—Tu novio, ese del que estás tan enamorada, o al menos lo parece —le refresco la memoria.

—¿Novio? —Finge con cara de estupor—, ¿aquí? Chica, ni que estuviese loca de atar como para desperdiciar una ocasión como la que estamos viviendo. Esta noche, como se me ponga uno a tiro, voy a por él.

Susi y ella chocan las palmas y yo pongo los ojos en blanco. Mis amigas no tienen remedio y, ahora que no me oyen, hay veces en las que me gustaría parecerme un poquito a ellas.

Pero solo un poquito, ¿eh?

La reflexión de Susi, acerca de ponerle los cuernos a Alex, me permite que deje atrás una parte de la indecisión que siempre me precede. Al fin y al cabo soy la única sin pareja, lo que quiere decir que no tengo que dar explicaciones a nadie, y cojo el vestido de *zorry*, tal y como lo llama cariñosamente su dueña, con un propósito firme.

Y añado:

—Nuestro lema en este viaje es: lo que pase en S. Moritz, se queda en S. Moritz, ¿no? Pues que así sea. Puede que esta noche descubráis a una Jul diferente, lanzada y dispuesta a... —ni siquiera puedo decirlo y voy desinflándome. De mi boca no pueden salir semejantes palabras, aunque la loca de Susi lo hace por mí.

¿Cómo no?

—Y dispuesta a poner el cartel de *open* en esas piernas tan fabulosas que tienes. Nena, si te lo propones podrías ligar más que nosotras dos, y ya es decir.

—Jul, ¿qué te parece si hacemos una apuesta?

—¿Una apuesta? —pregunto sorprendida.

Ay, que al final me meten en una buena.

—Sí, apostemos. Si hoy eres capaz de enrollarte con alguien mañana elijes tú el plan. ¿Qué te parece?

—¿Casa de Papá Noel incluida?

—Por supuesto.

—Hecho —digo sobre la marcha.

No me apetece nada visitarla sola, un detalle que tendré que llevar a cabo, puesto que ya me han dicho que ni de coña van a entrar en un lugar así.

—Uy, uy —secunda Paula—, la noche

promete.

—Y tanto, anda, ponte el conjunto de tanga y sujetador negro. Con el atuendo que llevarás tendrás que quitarte a los moscones de encima y nunca se sabe qué puede suceder. Quizá termines siendo empotrada contra la pared de un baño por un semental que te hará ver las estrellas y el firmamento entero, ¿no crees? Estaría bien.

—Oye, oye —la interrumpo alarmada—, hemos hablado de enrollarme, no de acostarme con nadie.

La dos vuelven a mirarse, fruncen el ceño, y esta vez la que habla es Paula.

—Ay Jul, Jul, no tienes remedio, de verdad te lo digo, pero, una apuesta es una apuesta, aunque seremos buenas contigo. Nos conformaremos con un beso con lengua y habrás ganado.

—¿Y si es un pico? —reculo sobre la marcha a la desesperada.

Si ya sabía yo que estas dos iban a terminar acorralándome, como ha sido el caso.

—Si es un pico te vas a ver al Noel barrigudo tú solita, ¿entendido?

—Entendido.

Sin más entro en el baño y me dispongo a arreglarme.

***

Entramos corriendo en el Dracula´s Ghost Riders Club, son apenas tres metros desde el taxi hasta la discoteca, y casi se me entumecen las piernas, dedos de los pies incluidos. El frío es horroroso y, a pesar de llevar un abrigo largo con piel de borrego por dentro, un gorro de lana, guantes y bufanda, echo de menos las botas calentitas y algún pantalón que cubra mis piernas. Esto de llevar un vestido tan corto en un lugar así no es para nada conveniente, ni tampoco práctico, aunque mejor no me quejo o mis amigas se reirán de mí. Tanto Paula como Susi llevan atuendos similares al mío y están encantadas de la vida. Que *zorronas* están hechas.

En cuanto nos adentramos en el interior, y antes de quitarnos la ropa de abrigo, pedimos tres mojitos para entrar en calor. Algo que no tardamos en hacer debido a lo caldeado que se encuentra el abarrotado local.

—¿Preparada para tu gran noche? —se interesa Susi, quitándome el abrigo con la intención de enseñar mis encantos a todo el que quiera mirar y así dar comienzo a la dichosa apuesta de las narices.

Su estrategia se ve a la legua y una pregunta me asola.

¿Por qué he aceptado?

—Más o menos —respondo con un tono que a ninguna de mis amigas le agrada.

—Lo sabía —afirma Paula antes de dirigirse al camarero, de seguido se hace oír, a través de un grito que repugna a los pijos que se encuentran más cerca, y se queda tan pancha.

Ya ves, ni que eso le importara a alguien con una personalidad tan arrolladora como la de ella.

¿Os había dicho ya que hay ocasiones en las que las envidio? Pues esta es una de esas ocasiones.

—Chato, ponnos tres tequilas.

El camarero, que entiende el español a la

perfección, se pone manos a la obra.

—Marchando —pronuncia con un acento que nos hace gracia.

—Por esta noche —alza el vaso de chupito Susi en cuanto nos lo sirve.

—Sí, porque las piernas de nuestra Jul se abran de par en par y no se conforme con un beso húmedo —termina Paula desgañitándose a mi costa.

—Que os den —pronuncio antes de chocar los vasos.

Ras. Sin pensarlo me envalentono, trago el tequila y… casi me ahogo de la impresión. No suelo beber mucho y, ese tipo de alcohol, menos.

—¡Jesús! —exclamo con los ojos anegados de lágrimas y con la sensación de que la garganta me arde.

Creo que en ese instante me olvido de hasta cómo se respira.

—Sí, sí, Jesús, Pepe, Michael, Peter o su puta madre, pero hoy no salimos de aquí sin que te hayas enrollado con alguien, así que ya puedes ir espabilándote.

—Hay veces que no os soporto, chicas.

—Pues te jodes —suelta Paula tan tranquila. De las tres es la que peor habla y no entiendo cómo puede haber tanta diferencia entre nosotras—. Vamos, bailemos un rato antes de que alguna se desperdigue.

—Amén. Vamos, Jul, ojea el panorama y elige bien. Deberás currártelo si quieres que mañana vayamos a la casita del gordito con el traje rojo y blanco, ¿no crees?

Las dos van hacia la pista de baile y yo las

sigo. Debo reconocer que el tequila empieza a hacer efecto, y confieso que es una ayuda extra importantísima para ganar la apuesta y obligar a mis *loquis* a entrar en la casa de Papá Noel.

¿No es maravilloso?

Nos situamos en mitad de la pista de baile y en cuestión de segundos estamos integradas a la perfección. A las tres nos encanta bailar y lo damos todo, sin que ninguna se percate, todavía, del hombre que me observa como si fuese un auténtico manjar.

La primera en hacerlo es Susi y, sin tiempo que perder, se lleva a Paula con la excusa de ir a pedir otros tres mojitos.

—Ahora volvemos —grita bien alto para que la oiga.

—No, voy con vosotras.

—De eso nada, tú te quedas.

Ni siquiera me dan tiempo a actuar, las dos se han escabullido entre la gente y de pronto estoy sola. ¿Y qué hago entonces? Bah, no darle la menor importancia y seguir bailando un tema que me encanta. Los primeros acordes de *Felices los cuatro*, de Maluma, empiezan a escucharse y muevo mis caderas como si no hubiese un mañana.

***

Sergio

Por regla general soy un hombre bastante observador y no suele escapárseme ningún detalle importante, tal y como acaba de ocurrir, y analizo el comportamiento de las amigas de la mujer del vestido de infarto. Una de ellas emplea los segundos suficientes para descubrir mis intenciones, y sucede algo extraño, coge a la otra por banda y se la lleva de allí con un propósito más que claro; dejarla sola para que yo me acerque.

A simple vista parecen dispuestas a allanarme el camino y oye, allá que voy. Aquí, y ahora, soy el Sergio de siempre, por lo tanto no tardo en dar salida a mi faceta más gamberra, sé que a las mujeres les encanta, y me decanto por mostrarle mis armas de seducción así, a bocajarro.

Además, la canción me viene al pelo.

—Por ti sería capaz de hacer un felices los cuatro, *baby,* y no tardaría en arrancarte el vestido minúsculo que llevas a base de mordiscos —le susurro en el oído acercándome por detrás.

Y contengo las ganas irrefrenables de refregar mi erección sobre su trasero, en más de una ocasión me han cruzado la jeta por mi poca vergüenza, y prefiero tantear el terreno antes.

¿Cómo reaccionará?

La pelirroja, de piernas kilométricas, se da por aludida, da media vuelta y consigue lo imposible.

Sí, en efecto, y digo esto porque la que acaba dejándome descolocado es ella, sin poder de reacción y mudo, sobre todo mudo, y si me preguntáis el motivo os diré que va de la mano de un comentario que suelta, de sopetón, consiguiendo dejarme a cuadros, a la par que me basta un instante para hacerme una idea del tipo de mujer que tengo delante. Un tipo de mujer que, si no me equivoco, parece completamente distinta a las demás que han pasado por mi vida, y a las pruebas me remito.

Dicho comentario es:

—¿Te importaría darme un beso con lengua? He apostado con mis amigas que hoy sería capaz de ligarme a alguien, y ahora que el tequila y el mojito han conseguido apartar a la mujer aburrida que suelo ser, no estaría mal que me echaras un cable. ¿Qué dices? ¿Aceptas? Ah, y no te hagas demasiadas ilusiones, será solo un beso y después cada uno a lo suyo. Eso de felices los cuatro no va para nada conmigo, *baby*.

¿Qué? ¿Entendéis ahora el por qué me ha dejado a cuadros? Hasta el día de hoy nadie me había hecho semejante petición, y no me gusta que me dejen a la altura del betún.

¿Acaso quiere decir que de no ser por la apuesta de la que habla ni siquiera se fijaría en mí?

Mal empezamos.

CAPÍTULO 6

Julia

El puntito que me ha dado el alcohol es el culpable de que muestre una faceta desconocida en mi manera de ser, y se lo agradezco. El tío que me ha entrado está de buen ver y oye, a nadie le amarga un dulce. ¿Qué importa que no sea mi *modus operandi*? Además, por una vez en la vida deseo tener el control y estoy perfectamente capacitada para soltarme un poco la melena. ¿Qué puede salir mal? Un rollito de una noche puede resultar emocionante, y si me gusta cómo besa hasta puede que le deje repetir, y eso que nos llevamos los dos.

«Jul, céntrate», me reprendo ante la distracción. Parece que me disperso y lo primero es lo primero. Si quiero ganar la apuesta deberé de elegir bien el lugar en el que se llevará a cabo el dichoso beso, conozco de sobra a mis *loquis* y no les servirá si les cuento que ya se ha producido, así que por partes.

¿Dónde demonios se han metido?

—¡Ah! —exclamo acercándome para que me escuche bien. La música suena demasiado fuerte y la pista de baile no es el mejor sitio para entablar una conversación, por mínima que sea—. Sé que puede sonarte raro, pero tendrás que besarme delante de mis amigas o no me creerán, ¿te parece bien?

La cara del chico es un poema y no me extraña. Debe de pensar que estoy un poco loca y razón no le falta.

Y barajo la posibilidad de que dé media vuelta y me deje plantada.

¿Lo hará?

—Así que tengo que besarte delante de tus amigas, ¿no? —pregunta con aire socarrón una vez que se ha repuesto.

—Ajá.

—Porque eres tan sosa y aburrida que no se creerán que puedas liarte con un hombre desconocido, ¿no?

—Mmm, sí.

—¿Y qué gano yo con todo esto?

Este tío es tonto, ¿de verdad he oído bien?

—Es evidente, ¿no? Un beso.

—Bah, paso —dice tan tranquilo.

—¿Cómo que pasas? —chillo sin poder creerlo.

¿Acaso me está tomando el pelo?

—Lo que oyes —suelta sin contemplaciones—, aquí donde me ves tengo unas expectativas, y por supuesto no me conformo con un simple beso, más bien soy de los que follan en la primera noche, y entenderás que no pienso malgastar el tiempo con una tía tan estrecha de miras como tú, la cual tiene que recurrir al alcohol para plantarle a un desconocido una propuesta tan absurda como la que acabas de hacer. La situación en sí me parece de lo más patética y…

Y ya, acabo de divisar a Susi y a Paula y me tiro a la piscina. Es ahora o nunca.

—Así que patética, ¿eh? —le interrumpo con una mala leche increíble—. Pues prepárate, listo.

No sé si es el alcohol, sus palabras hirientes o el conjunto de todo, pero una Julia atrevida acapara el control de la situación, también de mi cuerpo, y va y se lanza a por esa boca que acaba de soltar lo más grande.

Y prefiero no pensar en el posible ridículo que se puede producir si el tonto a las tres decide hacerme una cobra, dejándome en evidencia delante de mis amigas.

Que sea lo que Dios quiera. Ya no hay vuelta atrás.

Y suceden tres cosas. La primera, el tipo al que pretendo besar me dice, sin palabras, que le he sorprendido de cabo a rabo. Su inmovilidad así lo demuestra y opto por continuar tomando la iniciativa. Nuestros labios están juntos, pero no es suficiente. Dijeron un beso con lengua y la suya no parece muy predispuesta que digamos.

La segunda es una intuición, por su inexistente participación intuyo que no tardará en mandarme a la mierda y no puedo permitirlo. Todavía no, así que me lio la manta a la cabeza, doy un paso firme y acaricio con la punta de mi lengua esos labios reacios, mientras que por el rabillo del ojo observo a Susi y a Paula. Ambas permanecen a cierta distancia, nos analizan al detalle y hasta comentan la jugada entre ellas. ¡La madre que las parió!

Y, la tercera…, la tercera arrasa con todo, como si se tratase de un huracán, y dejo las especulaciones a un lado. No puede ser de otra manera, mientras me veo obligada a sujetarme a la cintura de un hombre, al que no conozco de nada, o barajo la posibilidad de que pueda terminar estampada contra el suelo, y todo porque acaba de decidir darme una lección que nunca podré olvidar. Y sí, me refiero al beso húmedo y ardiente que de pronto, y sin avisar, desata la locura en cuestión de milésimas de segundo.

Mi espalda choca contra una de las columnas y ni siquiera me doy cuenta, lo único que importa, en estos instantes, es el fuego que desprenden unos labios y una lengua que me devoran por entero, abrasando mis defensas y elevando la temperatura de mi cuerpo en general. Jamás nadie me ha besado con esta intensidad y respondo con el mismo ardor.

Si ya lo he dicho antes, el alcohol me ha dado las alas suficientes como para permitirme una experiencia que se eleva a la máxima potencia, y estoy más que dispuesta a disfrutarla, lo hago enredando mi lengua a la suya y sin que me percate del espectáculo que estamos montando a nuestro alrededor. ¿Cómo es posible?

Y de pronto vuelve a suceder, este hombre tiene el poder de continuar desconcertándome y así lo manifiesta. Al parecer acaba de tomar una decisión, y va y se aparta de sopetón de unos labios que ya lo echan de menos. Un detalle que no tardo en odiar e intuyo que el muy cabrito sabe muy bien lo que se hace. Parece dispuesto a no cortarse ni un pelo y dejarme las cosas claritas, o al menos es lo que palpo a través del escrutinio que me practica con una cara socarrona que no me gusta nada de nada.

¿Será cretino? Acaba de dejarme con ganas de más, de mucho más, y lo peor de todo es que mis mejillas me ponen en alerta, dándome una idea de lo rojas que deben de estar y del ridículo que con toda probabilidad estoy haciendo.

Y una pregunta asola mis defensas mermadas.

¿No era yo la que le acabo de decir que únicamente sería un beso y después cada uno a lo suyo?

Es entonces cuando giro el cuello, mi intención es verme en uno de los espejos de la columna en la que él sigue ejerciendo presión contra mi acalorado cuerpo, y alucino en cuanto veo reflejado mi rostro. El muy traidor delata lo que siento y, si existía alguna duda al respecto, que desde luego no es el caso, van mis pupilas dilatadas y lo confirman al cien por cien.

¿Qué leches me pasa? No lo entiendo aunque, si soy sincera, he de admitir que por primera vez estoy dispuesta a acompañar a un hombre al lugar que quiera, y oye, si ha llegado el momento de pasar a mayores pues pasemos. Total, ¿qué pierdo? Si no voy a volver a verlo… y agradezco que sea español. Mi inglés es pésimo y ni siquiera podría mantener una conversación algo decente.

—Así que me ofrecías un único beso, ¿eh? —Por su tono adivino que de equivocada nada, se está burlando de mí, tras el análisis en profundidad, y algo se me remueve por dentro—. Pues oye, tu cara dice todo lo contrario y sé que te mueres por follar conmigo y, ¿sabes qué? El que pasa soy yo. Así aprenderás a abordar a un tío en condiciones la próxima vez.

—¿Eh? —Es lo único que sale de mi boca ligeramente abierta.

No puede ser cierto lo que acabo de escuchar, ¿de verdad va a dejarme así?

Pues oye, más quisiera, porque por lo visto no ha terminado conmigo y se dispone a darme la última estocada.

—Bueno, en realidad seré generoso contigo, mañana tengo excursión en el primer Bernina Expressun, y oye, si coincidimos y me abordas como debes puede que te dé lo que tu cuerpo necesita, *baby*. Buenas noches.

Mi cara de gilipollas debe de hablar por mí. ¿Cómo puede ser tan hijo de su madre este capullo?

Y tal y como ha venido se aleja, a la vez que mi cuerpo entero siente una soledad desoladora, y no entiendo a qué se debe… ¿o sí?

Desvarío, ¿desde cuándo puedo echar en falta algo que no he necesitado nunca? El sexo y yo no nos solemos llevar muy bien que digamos, por regla general me conformo con echar una canita al aire de vez en cuando, únicamente cuando la otra persona es capaz de dar la importancia suficiente a conocernos antes, y no suele ocurrir muchas veces que digamos, todo hay que decirlo.

«Idiota, pues es fácil, aunque no lo digieras bien. El hombre que te ha dejado tocada y hundida te acaba de hacer un favor de los gordos, gracias a él acabas de descubrir lo que es un beso de verdad y has de reconocer que nunca nadie te había dado uno así», interviene la Julia desconocida y atrevida, por una noche, con una verdad asoladora.

Sí, ya sé que es patético.

Mis amigas interrumpen mis pensamientos, nada halagüeños, y se lo agradezco. Mejor no pienso en lo que acaba de suceder o mi autoestima se verá dañada en profundidad.

Y observo las caras de estupor con las que aparecen, las conozco tan bien que sé que no van a tardar en pedir explicaciones, y acierto de lleno.

—¿Se puede saber qué coño le has dicho a ese bombón para que después de un morreo así salga escopetado? Tú estás mal, tía —se pronuncia Susi con un cabreo que se detecta a la legua.

—Piénsalo bien, todavía estás a tiempo de que te empotre contra la pared del baño y si no te vas a arrepentir —secunda una Paula convencida—, lo que hemos visto no puede terminar de otra manera.

—¿Queréis callaros? —Alzo la voz enfadada—, no tenéis la menor idea de lo que ha sucedido.

—¿Ah, no? Pues tú dirás, porque lo que es nosotras lo tenemos claro. Tú le comías los morros como si no hubiese un mañana y no trates de mentirnos. Lo hemos visto con nuestros propios ojos.

A ellas no puedo ocultarles nada y confieso:

—Ha sido él el que me ha dado plantón, listas. ¿Qué? ¿Contentas?

Las dos se miran asombradas, y después:

—Cuéntanos qué ha sucedido, no lo entendemos.

Y lo hago, no omito ningún detalle y mis amigas alucinan en colores.

—¿Será cabrón? Se va a enterar…

—No, ninguna de vosotras va a intervenir, ¿estamos?

—Vale, pero me gustaría decirle un par de cosas a ese chulo de mierda. ¿Cómo se le ocurre dejarte plantada con lo que tú eres?

—Bah, él se lo pierde. Ni te molestes en pensar en ese hijo de puta. Toma, bebe. Seguro que lo necesitas.

Cojo el mojito y doy tal trago que bebo hasta la mitad de la copa. La sensación que tengo por dentro es desoladora, me siento fatal y sin ganas de ninguna fiesta, aunque prefiero fingir que estoy bien para no amargarle la noche a mis *loquis*. No se lo merecen.

No lo consigo, a pesar de lo mucho que lo intento, y la culpa la tiene el tío que me ha metido la lengua hasta la campanilla, dejándome con un calentón de un par de narices, mientras el muy cabrito sigue en la discoteca tan tranquilo, a la caza de alguna otra fémina. Y sí, digo esto porque, como soy gilipollas, no puedo evitar buscarlo con la mirada una y otra vez. Parece que estoy predestinada a hacerme daño a mí misma, y claro, es ahí cuando mis amigas se dan cuenta y optan por sacarme de allí. Realmente estoy tocada y no me hace ningún bien.

Sí, lo sé, a idiota no me gana nadie, ¿qué le voy a hacer?

CAPÍTULO 7

Julia

Subimos al primer tren panorámico que sale y tomamos asiento. Todavía no entiendo qué hacemos aquí, y mucho me temo que el día de hoy va a resultar un desastre descomunal.

Ojalá no tenga que arrepentirme de la decisión que he tomado sobre la marcha. ¿No decía que si ganaba la apuesta me serviría para ver la casa de Papá Noel con mis amigas? Pues de eso nada, monada, la noche ha sido un verdadero caos y he terminado comprando las entradas a través de internet. Sí, le he permitido a mi impulsividad que tome las riendas, sin consultárselo a las chicas siquiera, y flipo con mi manera de actuar. Más bien soy de las que se piensan las cosas varias veces, pero reconozco que lo de ayer me tiene en un estado de letargo total. Únicamente pienso en él y ya vaticino el estacazo que voy a darme.

¿Por qué entonces estoy llevando a cabo un disparate de esta envergadura?

Y recuerdo lo primero que he hecho en cuanto me he levantado. Las caras de estupor de Susi y de Paula no han tardado en dejarse notar, al despertarlas tan temprano, y de seguido les he contado las novedades a bocajarro, así, sin anestesia ni nada que se le parezca. Es entonces cuando mi sorpresa ha sido mayúscula, ambas han actuado de igual manera y se han limitado a no pronunciarse al respecto, de momento, mientras intercambiaban alguna mirada que otra, y a desayunar entre un silencio abrumador.

Sí, ver para creer. El conjunto entre lo que sucedió anoche, y el comportamiento de mis *loquis*, me tiene en un sin vivir, y todo por lo que el desconocido en cuestión ha logrado; remover unos cimientos bien afianzados y sacudirlos sin ton ni son.

¿Cómo puede ser?

Cada vez que recuerdo el beso que nos dimos casi hiperventilo y es el consecuente de que estemos aquí ahora. Quiero volver a verlo, necesito sentir que no lo he idealizado y solo así podré quitármelo de la cabeza, y os digo esto porque no soy capaz de hacer otra cosa más que pensar en él. Parezco un disco rayado, y me convenzo a mí misma de que el viaje en el famoso tren rojo, que va desde St. Moritz a Tirano, lo íbamos a hacer igualmente, ¿qué importa que lo hayamos adelantado unos días?

Dejo la ropa de abrigo a mi lado y ojeo con ansiedad a las personas que comparten el mismo vagón que nosotras, desde que llegamos a la estación tuvimos que hacer cola y, por más que lo he buscado, no he dado con él. ¿Y ahora qué? Si de verdad quiero propiciar un encuentro tendré que mover el culo del asiento y recorrer el resto de vagones, porque la intuición me grita que el desconocido tiene pasta para aburrir y ha accedido al tren sin esperar ningún tipo de fila.

Y por un instante maldigo mi suerte. El revolotear de las mariposas en mi estómago no me permite disfrutar de lo que en realidad importa, y sin lugar a dudas me refiero a cada segundo en un paraje tan increíble como el que me rodea.

¿Cómo puedo permitirlo por un tío que tuvo el atrevimiento de dejarme en ridículo y a medias?

En fin, lo que tengo claro es que voy a aprovechar mi estancia aquí para vivir lo que me apetezca y es lo que haré. Ya, cuando llegue a Madrid, volveré a la vida aburrida que llevo en casi la totalidad del tiempo, pero aquí he decidido que será diferente.

Lo que haga en St. Moritz, se queda en St. Moritz.

—Ahora vuelvo, chicas.

—Jul, ¿estás segura de lo que haces? —pregunta Susi con las gafas de sol puestas y eso que todavía no ha amanecido del todo.

—No —contesto con la verdad por delante—, pero sé que me arrepentiré si no sigo las directrices que marca mi cabeza.

—Mira, Jul —interfiere Paula, manifestándose por primera vez desde que se levantó—, quizá no sea una buena idea, ese tipo te ha menospreciado y sabes que no te conviene. Sin conoceros ya te ha hecho daño y todo puede ir a peor.

—¿Tú crees?

Asiente con la cabeza y suspira.

—Jul, te hablaré con claridad, si lo que pretendes es acabar lo que empezasteis anoche, adelante. Aquí pareces otra y a nadie le amarga un dulce, al fin y al cabo no volverás a verlo y ese detalle allana el camino.

—¿A qué te refieres?

—A tu vena enamoradiza, a ver si ahora te va a dar fuerte y desaprovechas la oportunidad de tener un poco de sexo y se acabó, si te he visto no me acuerdo.

—Paula, si solo nos besamos…

—Jul, no te mientas a ti misma, lo que Susi y yo vimos anoche no fue solo un beso. Te conocemos como si te hubiésemos parido y tu comportamiento es raro de narices. No has probado nada del desayuno, tienes ojeras de no dormir en toda la noche y encima estamos aquí, el lugar en el que te dijo que estaría para pensarse si darte lo que anoche te negó.

—¿Y qué me aconsejáis?

—Fácil, si lo que quieres es buscarle, hazlo, pero ni se te ocurra denigrarte, ¿eh? Tú vales demasiado para permitirlo, ¿estamos?

—Es verdad, ya que estamos aquí trata de saber si te ha mentido o no. Puede que ni siquiera esté en este tren y que te haya largado una trola de las grandes, en caso contrario déjate guiar por tu cuerpo y haz lo que te apetezca, nena.

Analizo los consejos y tomo la única decisión

posible.

—Deseadme suerte —susurro sin estar convencida del todo de mis propósitos.

—No, suerte es lo que va a necesitar él si vuelve a comportarse como un cabrón, ya te lo digo —afirma Susi bastante enfadada—, aquí te esperamos.

—Vale.

Avanzo nerviosa y voy a por mi objetivo, ¿estará o no estará?

Ya veremos.

—Esto no va a salir bien —comenta Paula negando con la cabeza—, ¿qué habrá visto en él para ser capaz de ir en su busca con lo que es ella?

—Nada, lo que le pasa a nuestra Jul es que el morreo de anoche la ha desestabilizado y quiere saber si ha sido real o es fruto del poco alcohol que tomó. Dejémosla, a ver si se espabila un poco. Ya es hora, ¿no crees?

—Desde luego, total, estaremos aquí para consolarla si lo necesita, y es lo que importa de verdad.

—Amén.

***

El tren comienza a moverse cuando voy por el sexto vagón. Nada, sigo sin encontrar ningún rastro del hombre que ni siquiera sé cómo se llama, y empiezo a barajar la posibilidad de que me haya engañado.

Si es que soy tonta del culo. Alguien como él debe de tener a un séquito de mujeres a sus pies, por lo tanto, ¿para qué fijarse en alguien tan patética como yo cuando las hay deseando compartir sexo en su primera noche tal y como afirmó sin contemplaciones?

Poco a poco voy desinflándome, el valor me da la espalda y mi sentido común da signos evidentes de que no está dispuesto a dejar pasar una excursión tan memorable por un beso, por mucho que me gustara.

«Se acabó, deja de hacer el imbécil, regresa con tus amigas y santas Pascuas. ¿Acaso no has recorrido el tren entero sin ningún resultado? Esto te pasa por tonta».

Me quedo de espaldas junto a una de las ventanas e inspiro. Debo recobrar la entereza o Susi y Paula se darán cuenta de mi tristeza, algo que no pienso permitir.

Instantes después ya estoy recuperada, me encuentro mejor y me dispongo a regresar junto a ellas. Doy un par de pasos y la puerta del baño se abre justo en ese instante.

¿Y sabéis quién es la persona que sale? Sí, el desconocido al que buscaba con tanto ahínco.

Vaya, menuda casualidad.

—Hola —susurro en cuanto le veo.

—Anda, si es la de la apuesta —se burla de mí mostrando una dentadura perfecta al sonreír.

—Más bien soy Julia —decido presentarme en condiciones. Al fin y al cabo, merece saber mi nombre, pues me ha robado el sueño y eso que lo conozco de apenas unas horas—. ¿Y tú?

—Así que además de aburrida eres un poco cotilla, ¿no?

—Y tú un poco sobrado —le replico ante un

comentario nada agradable.

No sé, me esperaba otro tipo de encuentro, la verdad.

—Bah, lo justo —suelta el desconocido en modo chulesco—, oye, ¿has venido sola?

—No.

—Ah, ya. No me digas que has dejado a tus amigas en el vagón que ocupáis por venir en mi busca, eso sí que no lo esperaba.

Pumba, otro comentario desproporcionado, y la Julia decidida no se corta a la hora de escrutar a un personaje que él solito parece dispuesto a restarse puntos.

—¿Me lo parece o además de sobrado eres un creído?

—Lo soy, por regla general las mujeres son las que me han posicionado en un lugar privilegiado con respecto a ellas y acepto el calificativo. Tranquila, no me ofendes.

Pero, bueno, ¿este tío de qué va?

—Por cierto —añade sobre la marcha con una seguridad apabullante. El hombre muestra lo encantado que está de conocerse a sí mismo y lo que no sabe es que sigue restando puntos en lo que a mí se refiere—, si has venido para terminar lo de anoche has tenido suerte, mi acompañante hoy no se encontraba bien y podré dedicarte algo de tiempo, *baby*.

¿Qué? Mi paciencia tiene un límite y el imbécil que tengo enfrente lo acaba de rebasar hasta el infinito y más allá, por lo que no me muerdo la lengua, tal y como acostumbro en mi día a día, y me lanzo a por él.

¿Veis como aquí parezco otra?

No, no lo parezco, lo soy.

—Tú flipas, tarado —salto al escuchar tantas sandeces juntas, ¿y de verdad quería repetir la experiencia de ayer? Ya me vale, y añado—: olvida que me has visto y vete a tomar viento fresco. A pesar de lo bien que besas para mí ya estás olvidado y puedo asegurarte que formas parte de uno de mis peores recuerdos, adiós.

Sin más cojo y doy media vuelta, marchándome de allí con un cabreo de un par de narices.

Que le den.

***

—Cariño —me dice Susi en cuanto regreso para acoplarme en mi asiento—, por tu cara adivino que lo has visto, ¿qué te ha dicho?

—Bah, paso de él, lo he puesto en su sitio y me he venido.

—Así nos gusta, Jul, ¿ves cómo no es malo sacar el carácter y la mala leche de vez en cuando?

Dejamos un tema de conversación, que no nos interesa en absoluto, y nos recreamos en las maravillosas vistas que nos ofrece el paisaje. En ese instante el tren bordea el Lago Bianco y aprovechamos para hacernos un montón de fotos, aunque una imagen tan especial quedará grabada en nuestra retina para siempre.

CAPÍTULO 8

Sergio

Vaya con la pelirroja, ¿acaba de dejarme plantado?

Y reconozco que tiene criterio. Parece una mujer introvertida, tímida y poco dada a ligar con extraños, o eso interpreté por su petición desesperada acerca de que le diera un beso delante de sus amigas, y por regla general no suelo equivocarme. Cualquier otra hubiese actuado de mil maneras diferentes, en cambio Julia fue clara y concisa, abriéndose en canal con tal de ganar la apuesta que comentó, y no debió de ser nada fácil si mis pesquisas son acertadas.

¿Lo son?

Y aquí sigo, con el instinto sugiriendo que no miente, y tengo la oportunidad de corroborarlo en cuanto salgo del baño. Su sorpresa al verme se dibuja en su rostro, también en sus mejillas ligeramente ruborizadas y, además, en su respiración agitada.

Sí, en efecto, soy capaz de percatarme de cada una de sus reacciones y decido situarla contra las cuerdas. Un poco de diversión no me vendrá nada mal y suelto desplante tras desplante. Hay veces que me paso tres pueblos, como en esta ocasión, y mi única excusa es observar cómo se maneja con cada pulla que sale de mi boca, y claro, al final sucede lo inevitable, me dice un par de cosas bien dichas y después se marcha de mi lado con pasos apresurados, mientras yo no le quito los ojos de encima.

Una vez que desaparece de mi campo de visión regreso a mi asiento y me pongo a trastear con el móvil sin ganas. Lo que sea con tal de evadirme un poco de la puñetera rutina. El tren de los cojones lo tengo demasiado visto y paso de los paisajes nevados y de las conversaciones de mi familia. No me interesan, en cambio, cierta mujer sí que parece dispuesta a alojarse en el interior de mis pensamientos, creo que por el aburrimiento en sí, y decido aprovechar la ocasión. Catalina continúa en el hotel, con lo que parece un resfriado, y a mí me viene de perlas. Al fin un poco de tranquilidad, de paz y de libertad.

Unas dos horas después, y con la certeza de que acabaré tirándome a las vías del tren, me formulo un interrogante.

¿Y si aprovecho para…?

La pregunta se queda en el aire, acabamos de llegar a Tirano, una antigua ciudad italiana que es conocida por su basílica renacentista, sus palacios, iglesias y puertas del siglo XVIII y por casualidad veo cómo bajan del tren la tal Julia y sus amigas.

No tengo nada más en lo que pensar. Aprovecharé la ocasión como se merece y la necesidad de desintoxicarme de mi compañía cobra especial relevancia; ya llevo cinco interminables días junto a cada uno de ellos y ha llegado mi más que merecido descanso, ¿no creéis?

Cojo el anorak, los guantes y el gorro, y me pronuncio.

—Hoy voy por libre, no me esperéis a la vuelta —comento en voz baja para que solo mis hermanos oigan lo que quiero que sepan.

—¿Qué? —pregunta una Lucía un tanto desubicada en cuanto me escucha.

—Lo que has oído, Luci. Merezco un poco de privacidad, ¿no crees? Y mamá no me lo permitiría si Catalina estuviese aquí, que no es el caso. ¿Me cubrís? Paso de su interrogatorio.

—Vale, te lo has ganado por soportar la encerrona que te ha orquestado sin consultártelo —dice Iván chocando nuestras palmas—, yo me encargo.

—Gracias, te debo una.

—Ni que lo digas, te lo recordaré.

Me levanto y no espero a nadie. En cuanto la marquesa sea consciente de que no estoy con ellos montará en cólera y no pienso cometer el error de estar presente, en el caso de que así fuera se saldría con la suya y yo terminaría cediendo, tal y como sucede la mayoría de las veces.

Menudo poder de convicción tiene la mamá.

Bajo del Bernina Expressun y allá que voy, empecinado en seguir los pasos de las tres, y con las expectativas por todo lo alto.

Ya veremos qué sale de todo esto, y sonrío ante el convencimiento de que puede resultar divertido y entretenido.

¿Me equivocaré?

***

Julia

—¿Qué? —pregunto alarmada ante la información que Paula nos acaba de dar.

Por casualidad ha mirado hacia atrás y, *voilà*, ha visto al payaso de turno siguiendo nuestros pasos.

¿De qué va?

—Buf, a este le casco una hostia que verás —se planta Susi dando media vuelta.

—No —chillo histérica—, tú no vas a hacer nada.

La agarro del brazo y tiro todo lo fuerte que puedo, ¿no dicen que el mejor desprecio es no hacer el menor aprecio? Pues es lo que voy a hacer, ignorarle.

La decisión está tomada, o eso creo, cuando escucho a mi espalda:

—¡Julia!

Jo, ¿para qué le dije mi nombre? Suena maravillosamente bien saliendo de sus labios y recreo el beso de anoche.

¡Mierda!

—No os paréis —le ordeno a mis chicas—, ya se cansará.

—¿Tú crees? —pregunta Susi girando el cuello—, porque yo diría que más bien viene a por ti.

—¿Por qué dices eso?

—Míralo tú misma.

La curiosidad puede conmigo, echo un vistazo y el corazón se me desata al verle correr hacia mí.

Vale, pues es mi turno para decirle otro par de cositas, al parecer es corto de entendederas y le dejaré clara mi postura.

—¿A ti qué te pasa? Ya te dije antes que me olvidaras y que te fueras a tomar viento fresco, que por cierto, hay mucho por aquí. ¿Ya lo has olvidado?

El desconocido me mira con unos ojos que podrían derretir mis piernas enteras como si se tratasen de un bote de mantequilla en el interior de un microondas, después se pasa la mano por el pelo y, como traca final, suelta por esa boca que no puedo dejar de observar con verdadera devoción:

—Perdona, Julia, he sido un auténtico capullo contigo y he cambiado de opinión. ¿Qué te parece si pasamos el día juntos como dos amigos que quieren conocerse? Conozco al dedillo cada rincón de Tirano y podría ejercer de guía turístico particular, por cierto, tú antes te has presentado, pero yo no, me llamo Sergio.

Mis amigas analizan al Sergio de las narices y temo por su seguridad. Sí, ya sé que no lo conozco casi, pero estas dos son capaces de saltar a su yugular y no puedo consentirlo.

¿O sí? Desde luego se lo tendría bien empleado. Por bocazas.

—Vaya, así que sabes pedir perdón y todo, ¿eh? No, si al final vas a terminar siendo una caja de sorpresas.

—Cuando me equivoco, sí, Julia. Y contigo creo que lo he hecho. Por norma no suelo ser tan capullo.

—Mmm, permíteme que lo dude —contesto, aunque reconozco que cada una de sus palabras me reconfortan y él solito va sumando unos puntos a su favor que supuse que sería imposible, dadas las circunstancias.

—Mmm —se copia de mi murmullo con el fin de empatizar conmigo, robándome una tímida sonrisa—, Julia, permíteme que te lo muestre, por favor.

¿Cómo? ¿Me acaba de suplicar que le deje mostrarme lo adorable que al parecer es? Ay, que empiezo a desvariar, también a hacerme ilusiones y, ante todo, a dejar que el revoloteo que tengo alojado en mi estómago se magnifique y dé de lleno contra un corazón que late demasiado deprisa, saltándose algún que otro latido.

¿Y ahora qué? Pues ahora es cuando me lio la manta a la cabeza y doy un paso hacia adelante, aceptando unas disculpas que parecen sinceras, mientras mi cuerpo entero parece más que dispuesto a pasar más tiempo con un hombre que está de muy buen ver, y que en un contexto diferente pasaría de una tía tan sosa y aburrida como yo. Porque lo soy. Doy fe.

Un momento, ¿por qué me flagelo a mí misma? Además, lo de sosa y aburrida puede quedarse atrás, de mí depende, y admito que juego con ventaja. Estar en un país diferente, envuelta en las ensoñadoras vistas de un cuento, profieren a que es la ocasión perfecta para dejar a esa Julia apartada, y doy paso al objetivo de destensar una situación que parecía imposible.

Y con mi siguiente movimiento se lo demuestro, empiezo por acortar la distancia entre nuestros cuerpos, y termino diciéndole mediante un susurro:

—Encantada de conocerte, Sergio.

Le doy dos besos, en España es costumbre presentarse así y deposito uno en cada mejilla bajo el asombro y las caras de estupor de las chicas, a las cuales las vuelvo a sorprender, puesto que a las siguientes a las que presento es a ellas, ¿a quiénes si no?

Oye, otra cosa no seré, pero educada lo soy un rato y doy alarde de ello.

—Estas son Susi y Paula, mis amigas.

—Las de la apuesta, ¿verdad?

—Mira, espabilado… —Susi no aguanta más, me copia mi último movimiento y también avanza hacia él, después le increpa con el dedo índice sobre su abrigo de marca de malas maneras—, si por mí fuera no te acercarías a nuestra Jul en lo que queda de viaje, según nos ha contado eres un tocapelotas de cojones y ella demasiado buena para ti. ¿Por qué no nos haces un favor a todas y te marchas por dónde has venido?

Así, sin más. Que ovarios tiene la tía.

—¡Susi! —exclamo horrorizada por su poco tacto.

—Ni Susi ni leches, este tío no te conviene ni

para un polvo —me increpa sin poder morderse la lengua—, ¿no ves que sigue siendo un chulo y lo único que quiere es aprovecharse de ti?

Es intensa hasta decir basta y no le gana nadie, no.

—Susi, te estás pasando, además, aquí la única que decide si voy con él o no soy yo, ¿estamos?

—Piénsalo bien, Jul, no me fío de él y saldrás escaldada.

—¿No dijimos que lo que pase en St. Moritz, se queda en St. Moritz?

Sergio no nos quita los ojos de encima, debe de estar pensándose lo de largarse de aquí, y nada más lejos de la realidad, pues de pronto dice una frase que me eleva al séptimo cielo.

Esta es:

—Tranquilas —confiere a mis amigas—. Me portaré bien, no como el capullo que he sido hasta ahora, os lo prometo.

—¿Qué? —salta como un rayo Paula, ha decidido que es su turno y no puedo impedírselo—, oye, tío, mariconadas las justas, no te conocemos de nada y no nos das buena espina a ninguna de las dos.

Se retan entre ellos mientras yo permanezco al margen, no se dan cuenta de que me están situando en una encrucijada complicada de narices y no me lo ponen nada fácil, la verdad.

Y el que contesta de seguido es Sergio, según parece no está dispuesto a callarse así lo maten entre las dos.

—¿Ah, no? Pues fíjate que no me importa en

absoluto, la que debe de elegir es vuestra amiga, y os puedo asegurar que hablaba en serio con respecto a portarme como un hombre normal. ¡Ah! Y que sepáis que vosotras tampoco me dais buena espina a mí, me parecéis unas entrometidas de cojones.

Madre mía, estos la lían al final, y si no, al tiempo.

—¿Entrometidas? ¿Has tenido los santos huevos de llamarnos entrometidas? Mira, chato, ya puedes estar largándote o no respondo, aquí donde nos ves lo único que queremos es el bien para nuestra amiga y desde luego tú no lo eres, ¿a qué no, Jul?

Venga, poniéndomelo más fácil, sí, señor.

A continuación respiro, o al menos lo intento, y me doy un tiempo para tomar una decisión. No debería de ser difícil, ¿no? Y analizo la situación. Por un lado puedo pasar uno de tantos días inolvidables con mis *loquis*, porque ellas siempre van a estar ahí y, por el otro, puedo dejarme llevar por la locura y pasar unas horas con un tío macizo, que me hace tilín, y por el que suspiro como una tonta quinceañera.

¿Veis como no era difícil?

—Me quedo con él, chicas.

Las dos abren la boca, de puro asombro, y después dicen a la par:

—Llevas el móvil, ¿no? En cuanto estés incómoda o lo que sea llámanos, ¿entendido? Nos vemos aquí para coger el último tren de vuelta.

La madre que las parió. La actitud que ejerce cada una se asimila a la de las gallinas protegiendo a su polluelo y me están dejando a la altura del betún. ¿Qué les pasa? ¿Acaso se creen que tengo diez años?

Bueno, aquí debo reconocer que entiendo lo preocupadas que están. Mi manera de ser es algo complicada y ellas solo quieren lo mejor para mí.

En fin, espero no equivocarme con la decisión tomada, al fin y al cabo, si sale mal, ¿qué pierdo?

—No os llamará, ya me encargaré de mantenerla bien ocupada, no os preocupéis —lanza Sergio su siguiente pulla hacia las que se han convertido en sus enemigas acérrimas por méritos propios.

Susi y Paula bufan ante su comentario, abren la boca y… y terminan tragándose las palabras a riesgo de atragantarse con ellas. Acaban de darse cuenta del aviso que les doy a través de la mirada y deciden ser buenas conmigo, dándome el espacio que les estoy pidiendo.

¿Cómo no las voy a querer?

—Está bien, luego nos vemos —asiente Susi a regañadientes.

—Ten cuidado —se manifiesta Paula después.

—Que sí, pesadas.

Las dos se marchan, con caras de perro, y Sergio y yo nos quedamos allí.

—Vaya, pensé que no lograría convencerte y que te marcharías con ellas.

—Bueno, digamos que has aprovechado de fábula tus cartas, ni yo misma sabía lo que iba a hacer.

—Julia.

—¿Sí?

—Prepárate para un día inolvidable, por

primera vez en años voy a ser capaz de disfrutar de la ciudad en la que estamos, ¿y sabes por qué?

Niego con la cabeza.

—Porque la veré desde tus ojos y así dejará de ser un suplicio.

—¿Un suplicio? Estar aquí es lo más maravilloso que le puede suceder a nadie.

—Te equivocas, para alguien que odia la Navidad lo es.

Me llevo las manos a la boca y silencio parte del grito que acaba de salir.

—¿Odias la Navidad? No, imposible.

—Ajá, la odio. Es la peor época de todo el año.

No puedo soportar escuchar algo así, y voy y le tapo la boca con la mano enguantada.

—Shhh, no vuelvas a repetir ese sacrilegio delante de mí y considérate un afortunado. Muy poca gente tiene acceso a este tipo de vacaciones.

Sergio levanta las manos, en modo de rendición, y solo entonces libero su boca.

—A diferencia de ti puedo corroborar que la Navidad me encanta y, si me dejas, te ayudaré a que vuelvas a creer en algo tan mágico.

—Perderás el tiempo, te aviso.

—¿Tú crees? Ya lo veremos. Anda, vamos, ejerce de guía y empecemos a admirar cada rincón de Tirano, lo estoy deseando.

—A la orden, vamos.

CAPÍTULO 9

Sergio

Me basta recorrer el casco histórico de Tirano para darme cuenta de la personalidad entrañable y natural de mi acompañante, no ha dejado de asombrarse, de sonreír y de hacer fotos a cada segundo, y su intensidad me tiene obnubilado. No para de dar saltitos en cuanto algo le agrada, que es todo, y un instinto de ternura me atrapa. Parece una niña pequeña dentro de un cuento de hadas, y hasta soy capaz de ver la ciudad de modo diferente. ¿Cómo es posible?

Acabamos el recorrido justo a la hora de comer y llega el momento de darnos un homenaje, los dos estamos hambrientos y, antes de elegir un restaurante, le envío un wasap a mi hermano Iván, no sea que coincidamos y la liemos parda.

Tal y como era de esperar se encuentran en el restaurante más caro y yo opto por algo que sea más acorde a mi acompañante. Esta localidad es famosa por sus vinos y tapas, y la informalidad parece que va de la mano de una chica de lo más normal. Sí, Julia no da el perfil de la gente estirada y superflua que se pasea por allí, y la envidio. Su naturalidad y frescura hablan por boca de ella y esa parte empieza a fascinarme.

Entramos en uno de los innumerables bares al azar, está repleto de montañeros, y a petición suya nos quedamos en la barra.

—¿Me dejas pedir a mí? Soy un experto.

Julia se quita la ropa de abrigo y se sienta en el taburete. Se maneja como pez en el agua y a mí me entusiasma. Nada mejor que disfrutar de los placeres de la vida sin la necesidad de vestir de etiqueta siempre.

—Vale.

—¿Te gusta el vino?

—Sí.

—Bien, entonces pediré dos tintos. Los caldos de la zona se extraen de la uva tinta llamada nebbiolo y está exquisito.

—Me parece bien.

Aprovecho para pedirle al camarero la bebida y lo que vamos a comer, y lo hago en alemán, ¿quizá para sumar más puntos? Puede.

—¿También hablas alemán? —me pregunta sorprendida una vez que he pedido—, que envidia me das.

—Lo confieso, lo he hecho para impresionarte y veo que lo he conseguido. —Le entrego la copa de vino que nos acaban de servir y hago un brindis—, por el día de hoy.

—Por el día de hoy.

Chocamos nuestras copas, Julia se lleva el vino a la boca y espero a que me diga si le gusta. Su respuesta es:

—Mmm.

—Un buen caldo, ¿verdad? Es el perfecto acompañante para lo que comeremos, creo que también te gustará.

—Seguro, no soy rara a la hora de comer, más bien soy de las que devoro todo lo que me ponen.

—Pues ya somos dos. Oye, ¿te puedo preguntar algo?

—Sí.

—Tú no perteneces a este mundo, ¿me equivoco?

—Si te refieres a si tengo pasta, la respuesta es no. Es evidente, mira la ropa que llevo puesta, la tuya, en cambio, cuesta un ojo de la cara. Trabajo… bueno, trabajaba en unos grandes almacenes y me conozco todas las marcas habidas y por haber.

—¿Y qué haces en un lugar tan caro?

—Vivir unas Navidades especiales, a mis amigas y a mí nos tocó la primitiva y decidimos emplear el premio disfrutando de un paraje único e irrepetible. De no ser por esos euros caídos del cielo ni de coña estaríamos aquí. A diferencia de lo que puede ser tu vida, a mí me cuesta un triunfo pagar el alquiler del diminuto estudio en el que vivo.

—¿A diferencia de lo que puede ser mi vida?

—Ajá, tu ropa, tu pose, tu comentario acerca de que vas a disfrutar por primera vez en años de la ciudad en la que estamos, y demás, confiere el tipo de estatus que tienes, y desde luego está a años luz del mío.

—Visto así lo estamos, sí. ¿De dónde eres?

—De Madrid, ¿y tú?

—También.

—Vaya, que casualidad. Oye, Sergio, me toca a mí, ¿puedo hacerte una pregunta?

—Claro.

—¿Por qué has accedido a pasar tiempo conmigo? A la vista está que somos de dos mundos diferentes.

—No hagas eso —la reprendo con seriedad.

—¿Que no haga el qué?

—Menospreciarte, ¿a qué viene una pregunta así? Si estamos aquí es porque ambos hemos accedido, y si soy franco te diré que pensé que tus amigas me arrancarían la cabeza antes de lograrlo. Se preocupan mucho por ti, ¿verdad?

—Sí, lo hacen. Y oye, puede que la pregunta no la haya formulado bien, no es que me menosprecie, más bien me refiero a qué haces con una chica normal como yo, cuando a lo que debes de estar acostumbrado es a algo completamente diferente, empezando por un buen restaurante y no a algo tan simple como tomar un vino en una barra.

—Ah, pues es fácil. En estos momentos no cambiaría mi situación por nada, ¿y sabes por qué? Porque tu vitalidad, manera de sentir y de actuar, es lo que necesito. Eres un soplo de aire fresco y voy a aprovecharlo, si tú me dejas.

—Me gusta tu sinceridad, Sergio.

—¿Más o menos que el beso que te di anoche?

Pumba. Dejo caer un mensaje subliminal,

recordándole que estoy más que dispuesto a repetirlo, cuando va el camarero y empieza a sacar platos de la cocina.

Que oportuno. En fin, otra vez será.

—A comer —pronuncio como si nada. Sus mejillas están coloradas como un tomate y le doy el espacio suficiente para que se reponga—, vaya pinta tiene todo, mira, he pedido platos típicos de aquí, pizzoccheri, brasaola de valtellina, polenta taragna, chiscioi, sciatt valtellinesi, bresaola y bitto y de postre manzana rebozada. ¿Qué te parece?

—Pues que tiene una pinta de escándalo aunque, ¿quién más va a venir a comer? Aquí hay comida para un regimiento entero.

—Julia, agradecerás que haya pedido todo esto, te lo aseguro.

Damos buena cuenta de cada plato y disfruto viéndola comer, se relame de gusto con cada bocado y, de repente, un plan cuadriculado se traza en mi mente.

Aunque os parezca mentira no me basta con permanecer junto a ella unas horas, quiero más, y el detalle de disponer del día entero obra a mi favor.

¿Aceptará mi propuesta?

—Julia, quiero proponerte algo.

—Hazlo —suelta con una sonrisa antes de coger la copa de vino. Es la segunda que toma y creo que por hoy es suficiente. Tal y como me dijo en la discoteca no es muy dada a beber y se le nota un poco achispada.

—¿Qué te parece si hacemos el trayecto de vuelta juntos? Puedo seguir haciéndote de guía, si tú me dejas y te parece bien, claro.

Su respuesta no se hace esperar.

—Me lo estoy pasando tan bien que sería una insensata si te dijera que no, espera, voy a llamar a las chicas para decírselo.

—¿Es necesario? —resoplo no muy convencido.

—Tranquilo, si lo que te preocupa es si podrán convencerme para que me aleje de ti no lo conseguirán, la decisión ya está tomada.

—Me alegro, te prometo que no olvidarás lo que tengo que enseñarte.

—Te creo, estás cumpliendo a rajatabla lo que me propusiste y distas mucho del capullo que fuiste ayer y esta mañana en el tren.

—Entenderás que lo fuera, ¿no? No acostumbro a que me aborden por un simple beso y después si te he visto no me acuerdo.

—Pues tendrás que acostumbrarte.

—¿Por?

—Porque lo que suceda o no hoy será algo esporádico, aquí estoy dispuesta a dejarme llevar y sin ninguna duda lo de que, lo que pase en St. Moritz, se queda en St. Moritz, cobra especial relevancia con respecto a nosotros.

—¿Sabes? Me quitas un peso de encima —pronuncio con alivio—, eres una buena chica y lo que no me gustaría es que te hagas ilusiones por vivir en la misma ciudad.

—¿Ilusiones? Mira, Sergio, estoy acostumbrada a que me den calabazas, los hombres con los que salgo se aburren a la primera de cambio y no ayuda mi manera de ver la vida.

—¿Y esta es…?

—No me acuesto con nadie hasta que nos conocemos, sí, ya sé que puede ser una equivocación, pero es lo que hay.

—¿Estás insinuando que no tengo nada que hacer contigo? Vaya —bromeo sobre la marcha—, y yo que pensaba que al menos repetiríamos el beso de ayer.

—¿Quieres repetirlo? —El poco alcohol ingerido le da la valentía que en otro caso no tendría. Lo sé, y aprovecho para acariciar su mejilla.

—No estaría mal, pero antes daremos un paseo hasta la estación. Cogeremos el primer Berlina que pase y nos marcharemos en busca de experiencias nuevas. ¿Estás de acuerdo?

—Por supuesto, aunque antes hablaré con mis amigas —su voz denota la desilusión que se acaba de llevar. Creo que esperaba que la besara y prefiero que la tensión sexual entre nosotros crezca.

Y os digo esto porque no voy a conformarme con un simple beso, lo quiero todo de ella y lo quiero hoy. La imposibilidad de llevarlo a cabo otro día dependerá de si Catalina se encuentra mejor, o no, y no pienso esperar.

Además, su afirmación de que tiene claro que lo que ocurra entre nosotros será algo esporádico me da alas para actuar sin pensar. No pretendo causar ningún daño y entiendo que su posición es la acertada.

Pasaremos un día genial, nos besaremos cuando lo crea conveniente y terminaremos teniendo sexo en cualquier lugar que se me ocurra.

Fin. Punto y final.

CAPÍTULO10

Julia

Mi cara es el reflejo del alma y cuenta lo impresionada que estoy. En cuanto hemos llegado a la estación, Sergio me ha conducido hasta el mejor vagón del que dispone el Bernina Express, ¿cómo no? Y flipo en colores, las ventanas panorámicas ocupan la gran mayoría del habitáculo, techo incluido, y el espacio es inmenso. Poco o nada tiene que ver con los de clase turista y sonrío. Pienso disfrutar de la experiencia como si no hubiese un mañana y me recreo en lo más importante. Mi escenario de cuento se agranda, con una proporcionalidad increíble, y lo constato con unas vistas indescriptibles en cuanto el tren se pone en marcha. La magnitud de los ventanales está hecha a propósito y parece como si tú también formaras parte del escenario nevado. *Oh, my good*, y tan entusiasmada estoy, que me hago varios *selfis* y se los envío a mis *loquis*. Cuando los vean van a alucinar.

Y lo que le da un diez, para que el conjunto sea idílico, lo tengo a mi lado. La compañía de Sergio es inmejorable, para nada es lo que parecía y yo, que tiendo a ser enamoradiza de por sí, siento que poco a poco se va adentrando por cada poro de mi piel y me da escalofríos. Sí, ya sé que es una locura, que sigue siendo un extraño y que no puedo permitirme un mundo de color de rosa, solo que aquí todo parece magnificarse.

Atravesamos los viñedos y bosques de castaños de Tirano, después los bosques de abetos y alerces, y culminamos con los imponentes picos con un tupido manto de nieve. El cambio de paisaje se debe al pronunciado ascenso y todo me parece diferente.

—Por tu cara adivino que el camino de venida lo hiciste en el lado izquierdo, ¿verdad?

—Sí. Parece que estoy en un escenario diferente, es todo cien mil veces más bonito.

—Lo es, y tiene su truco. Para obtener las mejores vistas has de sentarte en el lado izquierdo si vienes de St. Moritz, y al contrario si partes de Tirano.

—No lo sabía, se lo diré a las chicas.

Tecleo con rapidez y de pronto suceden dos cosas. La primera, el tren pierde velocidad y, la segunda, Sergio se gira y me tapa los ojos.

—¿Qué haces?

—Shhh, prepárate para unas vistas difíciles de olvidar.

—¿Qué?

El tren se para al completo, Sergio aparta sus manos y…

—Ohhh.

—Estamos en Miralago y lo que ves es el Lago de Poschiavo, bonito, ¿eh?

Dejo de respirar, la impresión de lo que presencio no sé ni cómo explicarla, y es que, frente a mí, contemplo un lago congelado con el reflejo de los picos nevados de la montaña.

Guau.

Hago muchas fotos y poco después emprendemos la marcha rumbo a Le Prese. El lugar en el que me llevo otra grata sorpresa.

—Hora de hacer una parada.

—¿Una parada?

—Sí, puedes bajarte donde quieras y coger el siguiente tren. Es parte del encanto y te gustará el lugar al que voy a llevarte.

Bajamos en el pequeño pueblo y Sergio me coge de la mano. A simple vista, el gesto le sale de manera natural y no me opongo, ¿cómo podría hacerlo si estoy encantada de la vida?

Paseamos con tranquilidad, bordeando el lago de antes, y terminamos tomando un *capuchino* en una de las cafeterías. El encanto es total porque nos sentamos frente a la reconfortante chimenea.

—Jamás podré olvidar este día, Sergio —confieso anonadada.

—Ni yo tu cara de felicidad, Julia. Radias energía positiva por todos los lados y me considero un auténtico afortunado.

—Uy, no, la afortunada soy yo por tenerte como guía.

—¿Pues sabes lo que te digo? Que este guía necesita un aliciente para seguir mostrándote escenarios idílicos, no sé, ¿qué puedes ofrecerme?

Una única frase le vale para que me sonroje, baje la mirada y sienta un calor abrasador en todo mi cuerpo.

«Vamos, Julia, es tu oportunidad para lanzarte, llevas esperando este momento desde anoche».

—¿Qué quieres? —susurro alzando el mentón sin que me importe que vea mi turbación.

—Mmm, déjame pensarlo.

El muy cabrito juega conmigo y no me importa.

—¿Un beso? —pregunto sin apartar los ojos de los suyos.

—Puede, aunque no me conformaré, ya lo sabes.

—Sergio…

Y Sergio me calla con un beso contundente, demoledor y exigente.

—Joder, Julia —dice sobre mis labios—, eres pura ambrosía. ¿Cómo puedes decir que los hombres se aburren contigo?

—Porque lo hacen, ya te dije que…

Vuelve a lanzarse a por mi boca y terminamos enredando nuestras lenguas con una pasión desorbitada, besándonos con verdadera desesperación, y soy consciente de lo que sucederá en cualquier momento, porque desde luego no voy a evitarlo.

Antes muerta.

—Julia, ¿me deseas?

—Sí —casi lloro al dejar de sentir unos labios que me vuelven loca.

—¿Y consideras que ya no soy un desconocido? Llevo el día entero ejerciendo un control férreo para no besarte y ya no puedo más. Mi límite se ha acabado.

—Sergio.

—¿Sí?

—¿Me estás pidiendo permiso para acostarte conmigo?

—En cierta manera sí, Julia, sé que eres diferente y no pretendo hacerte daño.

—No me lo harás, recuerda que lo que suceda entre nosotros no significará nada, cero compromisos.

—¿Estás segura?

—Lo estoy.

—Bien, pues vámonos.

No tengo la menor idea de lo que se le pasa por la cabeza en esos momentos, solo sé que volvemos a la estación, de nuevo cogidos de la mano, y nos subimos al primer tren que pasa.

Llegamos a la estación de Alp Grüm, está a más de dos mil metros de altitud y contemplamos el valle, los glaciares y las cascadas congeladas, después continuamos nuestro trayecto hasta Ospizio Bernina, que es el de mayor inclinación, y aquí nos encontramos las panorámicas más impactantes, admirando el lago Negro y el lago Blanco, los cuales están muy cerca el uno del otro.

Y aquí reconozco que, después de lo sucedido en la cafetería, el nerviosismo y las expectativas de qué ocurrirá me tienen en vilo, mientras Sergio se muestra de lo más tranquilo.

¿Cómo puede ser?

Y de pronto:

—Haremos otra parada, ¿estás lista?

—¿Lista para qué? —pregunto sin entenderle.

—Para tener una de las mejores experiencias de tu vida, y mejor no preguntes, es una sorpresa.

Sonrío con timidez, me cojo a su mano y no digo ni esta boca es mía. Intuyo que el momento clave ha llegado y mi corazón ahí está, latiendo a mil por hora.

Bajamos en Bernina Diavolezza y vamos hacia un teleférico. ¿Con qué objetivo?

Pues oye, ni idea, allí habla en alemán y no me entero de nada.

—Vamos.

Y cuál es mi sorpresa al ver que los únicos ocupantes del teleférico seremos nosotros dos, cuando hay otras personas esperando. No logro entenderlo pero prefiero no decir nada, de momento.

Pasamos al interior, las puertas se cierran, la cabina comienza el ascenso y...

Y Sergio se acerca a mí con una mirada de puro deseo.

—¿Sabes por qué estamos aquí?

Trago con dificultad y niego con la cabeza.

—¿Segura?

Ahora asiento, su cercanía me pone nerviosa y no soy capaz de articular ni una palabra.

—¿Quieres que te lo explique?

Otro asentimiento de cabeza y... se desata la locura.

Sergio me acorrala con su cuerpo y se emplea a fondo, depositando besos en mi cuello, en mi oreja y en las comisuras de mis labios, mientras la temperatura sube varios grados.

—¿Crees que podrás correrte antes de llegar arriba? Tenemos un tiempo limitado.

No puedo contestar, no me deja y acoplo mis labios a los suyos. El beso se vuelve intenso y Sergio me desnuda con una ternura increíble. Mide sus pasos al milímetro e intuyo lo difícil que le debe de resultar.

—No me voy a romper, Sergio. No hace falta que te contengas.

—¿Estás segura?

—Nunca lo estuve tanto.

Sus manos cobran velocidad, apartan cada una de las prendas que llevo y actúo igual que él.

Segundos después tiene puesto un preservativo y me penetra desde atrás. Su objetivo es que admire las vistas, mientras me hace suya, y obedezco.

Y, tal y como me dijo, acabo teniendo una de las mejores experiencias de mi vida, por no decir la mejor, y no creo que se pueda superar.

Buf, las chicas se van a caer de culo en cuanto les comente lo sucedido en el teleférico, eso seguro.

¿Y sabéis lo mejor? Según subimos, volvemos a bajar y…

Y tenemos otra sesión de sexo a ni sé cuántos metros de altitud.

In-cre-í-ble.

CAPÍTULO 11

Julia

Salgo del teleférico cogida de su mano, en silencio, y con la sensibilidad a flor de piel.

Jamás nadie me ha hecho el amor con la devoción y pasión de Sergio, jamás, y recreo una y otra vez lo que acaba de suceder a varios metros de altitud. No es fácil de digerir, me ha dejado obnubilada, pensativa y en *shock*. Sí, sobre todo, en *shock,* y para que me entendáis os diré que viene debido a mi poca experiencia sexual.

Tan solo he tenido relaciones con dos hombres, y ninguno mostró, ni de lejos, tal grado de consideración como el que coge mi mano como si tal cosa.

¿Cómo es posible si nos acabamos de conocer?

Además, no sé si me equivocaré, pero creo que Sergio ha intuido, desde el principio, mi poca experiencia y de ahí su increíble manera de tratarme. Su delicadeza ha sido indescriptible y es la culpable de que haya impactado de lleno en mi corazón, y ese detalle, por llamarlo de alguna manera, no es bueno.

Oh, no, todo lo contrario. Si a su lado tiendo a magnificarlo todo, lo que acaba de suceder entre nosotros acaba de dar rienda suelta al entorno en el que me encuentro, y obra en mi contra.

Sí, puede que empiece a confundir la realidad con lo que mi mente desea, y las consecuencias serán nefastas para alguien como yo, aunque claro, ni loca barajo la posibilidad de dejar de verlo. Antes muerta, total, después de este viaje no volveré a saber de él, así que, ¿a quién le amarga un dulce?

Y me hago una promesa interna, que pienso cumplir a rajatabla, o saldré verdaderamente escaldada y no tengo la menor intención, la verdad. Esta es: nada de preguntarle dónde vive, trabaja o de compartir el número de teléfono o el perfil de las redes sociales. No y no, de tonta no tengo ni un pelo y entiendo que nuestras vidas son del todo incompatibles, por lo tanto nada de gilipolleces, por mucho que me gusten los unicornios, los cuentos de princesas y los corazones, que ya nos conocemos.

Punto.

—¿Estás bien?

Acabamos de tomar asiento en el siguiente tren y Sergio se preocupa por mí en cuanto ve la oportunidad. Hasta ahora ha decidido mantenerse en silencio, creo que para darme un poco de espacio, y flipo con su actitud.

¿Por qué parece conocerme tanto? Aunque

claro, puede que se trate de una simple casualidad, ¿no os lo parece?

Negativo, de casualidad nada de nada, su voz delata su estado de preocupación y acierto a contestar con un escueto:

—Mmm, sí, sí —murmuro fingiendo que miro por el ventanal.

Prefiero hacerme la distraída y que piense que admiro el paisaje, cuando nada más lejos de la realidad.

Y de pronto:

—No es cierto, desde que bajamos del teleférico estás muy callada. Cuéntame qué te sucede, Julia. ¿Te arrepientes de lo que ha sucedido entre nosotros?

Pumba. Su pregunta me pilla de sorpresa y cometo un error de principiante.

Levanto el rostro hacia él, cuando todavía no estoy recuperada del vaivén de emociones que me sacude por dentro, y le muestro lo que no debería.

—¡No! —exclamo alzando el mentón.

Mierda, ¿se dará cuenta de mi estado de confusión o preferirá ignorarlo?

Hago este comentario porque mi cara debe de ser el reflejo del alma, siempre lo es, y no creo que en este preciso instante vaya a equivocarme.

Ojalá.

—¿Has llorado? —pregunta un Sergio perplejo al observar mis ojos húmedos.

Pumba. De nuevo, directo al grano.

—Sergio, si no te importa mejor no preguntes, ¿vale? —susurro con un nudo en la garganta mientras vuelvo a desviar la atención hacia el cristal.

A ver, que esto es serio. Ni puedo ni debo romperme delante de él, lo sé a ciencia cierta y espero que no formule ningún interrogante más. No estoy preparada para responder a ciertas preguntas, pues ni yo misma entiendo qué es lo que me sucede en realidad, y prefiero obviarlo.

Mi gozo en un pozo.

—Julia. Mírame, por favor.

Su súplica enternece mi alma entera y obedezco, es entonces cuando él acaricia mi mejilla y, con un simple gesto, consigue derribar cada una de mis mermadas defensas de protección.

—Julia, mi intención no es hacerte daño, y presiento que ya te lo he hecho, ¿qué pasa?

Una lágrima traicionera aprovecha que tengo el corazón encogido para manifestarse, y él no duda en acudir a su encuentro, limpiándola con un gesto confuso y serio.

—Sergio…

—Dime.

—No sé si debo…

—Habla, necesito que lo hagas para entenderte. Ahora mismo me siento culpable por cada una de tus lágrimas y estoy fatal. Cuando te he dicho que no quiero hacerte daño lo decía en serio.

—Lo sé.

—¿Y?

Y voy y suelto lo que llevo dentro sin ningún tipo de filtro, ¿para qué?

—Sergio, lo que sucedió anoche y hoy me tienen confundida, ya te dije que en cuestión de relaciones soy un poco antigua y no entiendo muy bien lo que ha pasado ahí arriba.

—Sigo sin entenderte —pronuncia encogiéndose de hombros.

—Has conseguido en tiempo récord que sea una mujer distinta, y te digo esto porque jamás he sentido tanto con los dos únicos hombres con los que me he acostado. No sé, tu manera de comportarte es tan diferente que no he podido medir mis sentimientos y mi entrega a ti ha sido total, lo que me lleva a un escenario difícil de aceptar.

—¿Y es?

—¿De verdad quieres saberlo?

—Sí.

—¿Cómo es posible que no le permita a ningún hombre acercarse más de la cuenta, y de pronto llegas tú y arrasas con cada una de mis reglas establecidas?

—Julia, en el amor y en el sexo no puede haber reglas establecidas, se actúa y punto.

—Vaya, las chicas llevan diciéndomelo media vida y nada, no las creía, en cambio, tú, acabas de dinamitar lo que supuse eran unas relaciones normales, hasta el día de hoy.

Observo cómo tensa la mandíbula y no me gusta.

Uy, uy, presiento que vienen curvas y que no serán fáciles de digerir.

¿Estaré en lo cierto?

—Julia, si esos dos imbéciles con los que has estado, son los culpables de que te consideres una mujer sosa y aburrida, que les den por el culo. No te creas nada de lo que te dijeron. Eres puro fuego.

—¿Qué?

—Lo que oyes. Tus palabras en la discoteca, el beso que me diste y tu reacción posterior me dieron las claves para interpretarte, y ahora sé que no me equivoqué. Tu timidez y poca experiencia me fascinaron de principio a fin, por eso decidí comportarme como un capullo y alejarte de mí. Eres única, Julia, no mereces que nadie te haga daño y ahí me incluyo yo.

—Sergio, tú nunca podrías hacerme daño, es más, gracias a ti he abierto los ojos y, si soy sincera, debo admitir que las dos relaciones anteriores no me han hecho ningún bien. Siempre creí que la culpable de que no funcionaran era a consecuencia de mi poco apetito sexual, y por lo tanto mía.

Sergio me lanza una de sus caras socarronas y yo le contesto con unas mejillas rojas como un tomate, sí, este hombre tiene el poder de intimidarme con una simple mirada y así lo manifiesto.

—¿Tú poco apetito sexual? Nena, te has derretido en mis brazos y has gritado sin poder contenerte, lo que significa que has disfrutado tanto o más que yo, así que olvídate de las putas inseguridades que esos dos tarados han dejado en ti, porque no existen. Cuando digo que eres puro fuego, lo eres, no te quepa la menor duda, Julia, aunque la cuestión ahora no es esa.

El cariz de la conversación parece que da un giro de ciento ochenta grados, de repente, y las tornas cambian.

En estos instantes, la que no le sigo a él soy yo.

—¿A qué te refieres? —frunzo el ceño

confundida.

—Me refiero a que de ningún modo puedes enamorarte de mí, Julia. Si albergas alguna duda al respecto debes decírmelo, es el momento propicio para dejar de vernos y, en el caso de que nos encontremos, ignorarnos. Bajo ningún concepto estoy dispuesto a hacerte daño, y menos después de todo lo que me has confesado…

—Sergio.

—No, espera, no he terminado y necesito ser honesto contigo. Por mucho que me gustes no puedo ofrecerte más que una relación esporádica de nueve días, es lo que me queda de estar aquí, y después no nos veremos más, así que tú eliges, lo dejo en tus manos.

—¿Has terminado?

—Sí.

—Vale, pues me toca. Ni loca voy a renunciar a ti, me has convertido en una mujer nueva y me aprovecharé de tu cuerpo todas las veces que me dejes. Quiero seguir sintiéndome una mujer deseada y, de momento, eres el único que lo ha conseguido. ¿Crees que son argumentos suficientes para seguir disfrutando de nuestra compañía mutua? Porque yo sí, lo creo con los ojos cerrados, y solo disponemos de cuatro días para hacerlo. Nuestra estancia aquí se limita a una semana, así que eres tú el que elige, lo dejo en tus manos —repito su misma frase.

—Acepto con una única condición.

—¿Cuál?

—Ya la sabes, debes proteger tu corazón, ¿lo harás?

—Ese es mi problema, no el tuyo.

—¿Estás segura?

—Completamente, lo que hagamos en St. Moritz, se queda en St. Moritz, ¿no lo sabes ya?

—A la orden, nena —susurra antes de apoderarse de mi boca, la cual da palmas de alegría ante el beso arrebatador que sabe que vendrá a continuación.

El resto del viaje nos lo pasamos besuqueándonos, robándonos alguna que otra caricia encubierta y subida de tono, gracias a la ayuda de los abrigos, y también a disfrutar de lo poco que queda del paisaje de vuelta.

En ese orden.

***

Una vez en la estación de St. Moritz, Sergio me acompaña hasta la puerta del hotel, allí me dice que visitará el casino después de cenar, y quedamos en vernos. Eso sí, antes de irse me da una orden tajante, que me deja un poco descolocada, aunque prefiero atenerme a las normas establecidas y a no preguntar.

Nada de aspectos personales o será peor.

—Esta noche puedes encontrarme en el casino, si vas he de pedirte que no te acerques, no quiero que mi familia sepa que estoy viéndote y seré yo el que te busque, ¿lo has entendido? Es importante.

—No te preocupes, convenceré a las chicas y allí estaré, esperando a que me abordes.

—Mmm, lo haré, no te quepa la menor duda. Buena chica, luego te veo.

Roza mis labios con los suyos y después se va.

Salivo de gusto viéndole marchar, es guapo a rabiar y soy incapaz de apartar mis ojos del metro noventa que mide.

Una vez que desaparece de mi campo de visión, subo a la habitación y me lanzo sobre la cama. Mi cara de felicidad envuelve cada uno de mis sentidos y no le doy importancia a su petición.

¿Para qué? Ambos sabemos a lo que atenernos y todo lo demás no importa.

CAPÍTULO 12

Sergio

Me cago en mis muertos, ¿Esta pesada no estaba enferma?

Cada uno toma posición, con respecto a su pareja, y allí la tengo, pegada a mí como si en realidad fuese mi novia.

De verdad os lo digo, no la soporto.

—Catalina, no deberías de acompañarnos al casino, hace demasiado frío y puede que recaigas.

—Me halaga tu preocupación, Sergio, pero me encuentro mucho mejor.

Joder, ahora interpreta mis palabras como le da la real gana y hasta se cree que mi angustia hacia ella es verdadera.

Lo que faltaba.

—Catalina, querida —y allá va mi madre, allanando el terreno entre nosotros, como si no tuviera yo bastante—, ¿ya estás bien? No te haces a la idea de lo que me alegro, todos te hemos echado de menos durante el día de hoy, ¿no es cierto, Sergio?

—Sí, mamá —miento como un bellaco.

Lo peor de todo es que mi acompañante lo sabe, y le da igual. Sigue emperrada en llevarme al huerto y lo presiento con su cercanía nada encubierta.

—Catalina, de veras, piénsatelo bien y quédate descansando, si has cogido frío puede que sea pronto para salir al exterior y…

Y va y se pega todo lo que puede, dejando a la vista el impresionante escote que lleva, para que admire las vistas desde arriba.

Patético.

Al parecer hoy está más lanzada de lo habitual, lo noto en cada una de sus insinuaciones, y ahí no acaba el juego. Parece empecinada en llevar a cabo sus pretensiones, y termina poniéndose de puntillas para decirme al oído:

—Solo si tú te quedas conmigo.

¿Qué? Esta me da la noche, lo presiento.

—Vámonos —alzo la voz apartándome de la Catalina de los huevos todo lo que me permiten los buenos modales—, estoy deseando fundir varios miles de euros en las mesas de juego.

—Seré tu talismán —vuelve a pronunciarse demasiado cerca.

Joder, ¿a esta qué leches le pasa hoy?

Un mal pálpito me sacude y desvío la mirada un instante, el suficiente para que la mala hostia me invada, y me quedo alucinado.

Acabo de divisar la cara de aprobación de mi

santa madre, las piezas del puzle cuadran a la perfección y entiendo lo que sucede.

¿De veras ha sido ella la instigadora de aquel acoso y derribo contra mi intimidad?

Maldigo mi suerte y encamino mis pasos hacia la salida, lo hago, cómo no, con la mano de mi acompañante agarrada del brazo, mientras mis hermanos ocultan como pueden lo que se están divirtiendo a mi costa.

¡Capullos!

***

Llevo varias rondas jugando a la ruleta americana y nada, no se cansa de estar a mi lado. Bueno, puede que si cambio a las tragaperras me deje un poco en paz, consiga respirar y así buscar a Julia entre la multitud de jugadores, ¿no?

Y allá que voy, sin que me sirva de absolutamente nada, puesto que ella me sigue, como si se tratase de un perro bien adiestrado, para situarse a mi lado derecho y allí se queda, impertérrita mientras echo moneda tras moneda de manera monótona y automática.

¿Es que no se aburre?

Y de pronto, recurro a mi ingenio.

¿Servirá?

—¿Te gusta el póquer? —pregunto a la desesperada.

—Sí, aquí donde me ves juego muy a menudo.

¡Aleluya!

—Estupendo —digo sin más. No hace falta.

Un plan acaba de formarse en mi cabeza y me lanzo. Si es cierto lo que acaba de decirme, puede que exista la posibilidad de escaquearme y lo necesito con verdadera urgencia. Julia acaba de aparecer en mi campo de visión, descolocándome, de tal manera, que tengo que hacer importantes esfuerzos para no atravesar el salón y besarla a la vista de todos.

Está imponente con ese vestido largo de etiqueta azul metálico, el cual lleva una abertura lateral que deja a la vista una pierna de infarto, y toda mi atención se centra en esa parte de su cuerpo.

Joder, me acabo de empalmar y, con la suerte que tengo, solo falta que Catalina se dé cuenta y se atribuya el mérito de mi deseo. Sin lugar a dudas sería mi peor pesadilla.

—Juguemos al póquer, aquí podemos disfrutar de un torneo y serás mi ayudante cuando yo te lo pida, ¿querrás?

—Por supuesto —afirma encantada de la vida mientras vuelve a cogerse de mi brazo.

Trato de impedirlo, pero no puedo, sería demasiado grosero y mi madre no nos quita los ojos de encima, debe de estar con la mosca detrás de la oreja, por mi desaparición repentina en Tirano y, la verdad, razón no le falta.

¿Cómo es tan condenadamente lista?

Ojeo con disimulo la entrada y el pulso se me detiene. Julia acaba de reparar en mí y leo en sus ojos la decepción que se acaba de llevar al verme acompañado.

¿Se marchará?

La hostia, vaya nochecita…

***

Julia

Entramos en el casino y mis ojos buscan la razón de que me encuentre exaltada, nerviosa, y con ganas de que el hombre que ha despertado mi sexualidad me aborde, tal y como acordamos.

Hago un barrido por toda la sala y no tardo en dar con él... y con la acompañante que tiene a su lado.

¿Por qué no me dijo que tiene novia?

«Estúpida, porque tú no eres nada más que un par de polvos, ¿acaso no te has dado cuenta todavía?», me digo a mí misma con una tristeza que da al traste con mis expectativas, y eso que eran altas.

Me quedo como un pasmarote y mis amigas atan cabos en cuanto observan lo mismo que yo.

—Te lo advertimos, ese tío no es trigo limpio y a las pruebas me remito —malmete Susi, fulminándolo con la mirada.

—¡Será hijo de puta! —secunda Paula dándome la vuelta—, vámonos de aquí, Jul.

—No.

—¿No? —preguntan las dos a la vez—, ¿estás segura?

—Segurísima, es él el que tiene pareja, no yo. No tengo que ocultarme de nadie.

—No sé, Jul —medita Susi en voz alta—, lo cierto es que no entiendo que te avise con respecto a su familia y tenga los santos huevos de no hablarte de su novia.

—Ay, madre, que al final el muy cerdo está casado —suelta Paula sin contemplaciones.

—Lo dudo, ambos tenemos claro lo que queremos y no me lo hubiese ocultado, estoy segura.

—¿Qué? ¿Te pones de su parte? No se te ocurra justificarlo y vámonos de aquí, cuando lleguemos a Madrid las que tendremos que aguantar tus lloriqueos seremos nosotras dos y…

—No voy a irme —pronuncio con una seguridad increíble—, tomemos algo y juguemos un rato, ¿os parece?

Mis amigas no dan crédito a mis palabras y se miran con estupor.

—¿Estás segura?

—Completamente, vamos, pidamos una copa.

—Mejor empezamos por un tequila, mucho me temo que lo vas a necesitar.

Vamos hacia la barra, pedimos y no dejo de observar a Sergio y a su acompañante en ningún momento.

Imposible.

—Jul, estamos a tiempo de parar esta puta locura. Nunca serás como nosotras y esto te pasará factura, lo sabes.

—No me importa, os he dicho que no me marcharé, no tengo por qué hacerlo. Os repito que no soy yo la que tengo que ocultarme.

—Tú misma.

Bebemos el tequila y después nos pedimos la dichosa copa.

***

Sergio

Atisbo lo que sucede en la barra y no me gusta.

Sé que sus amigas quieren llevársela lejos de mí, también que ella se niega y que bebe de un trago un chupito.

Finge estar bien y detecto en su pose que miente. En realidad le afecta lo que acaba de intuir y por un instante se me pasa por la cabeza la idiotez de besar a Catalina delante suya, sería lo mejor para una mujer que, presiento que terminará enamorándose de mí, y no le conviene.

¿Por qué no doy fin a un sufrimiento que con toda posibilidad aparecerá antes o después?

Respuesta fácil, porque soy un puto egoísta que solo piensa con la polla, simple, ¿verdad?

Las ganas de empotrarla contra cualquier pared vencen al poco sentido común que me queda y actúo.

—Sigue tú, Catalina. Ahora vuelvo.

La aludida sonríe complacida y ocupa mi lugar, mientras yo practico un barrido general por la sala en busca de mi particular familia.

Vale, parece que están todos ocupados, dilapidando euros sin parar, y sé que es el momento oportuno para escaquearme.

¡A por ella!

Ni lo pienso, es ahora o nunca, así que encamino mis pasos hacia la barra, cojo su mano y tiro de ella sin inmutarme, mientras le digo:

—Tenemos que hablar, Julia, acompáñame.

Ni siquiera sus amigas pueden intervenir, cuando se dan cuenta ya la tengo lejos, en el baño de hombres, para ser más exactos, y echo el cerrojo al entrar.

—Lo que acabas de presenciar no es lo que parece —pronuncio sin apartar la mirada de la suya. Cuando quiero ser sincero nada mejor que descubrir mis cartas y estoy dispuesto a llevarlo a cabo.

—No me importa, Sergio —susurra con valentía—, tengo muy claro lo que tú y yo somos, así que no te molestes en preocuparte por mí, no me debes nada.

—Lo sé.

—¿Y entonces por qué estás justificándote?

—Ya te lo dije, no soy ningún cabrón, Julia, y quiero decirte que esa mujer que has visto de mi brazo no es nadie en mi vida. En el caso de que sí lo fuera no se me ocurriría tontear con ninguna otra, te lo aseguro. El tema de la fidelidad me importa bastante cuando entablo una relación, puesto que no soy nada dado a poner los cuernos. He terminado.

Respira aliviada, lo noto, y sé que desea pronunciar una pregunta, lo detecto al dedillo en su rostro y, también, que lucha contra ella misma para no plantearla por la boca pintada de carmín que me tiene loco.

Y recalco que, cuando me refería a ella como única, era acertado. No tengo ningún tipo de duda.

—Sergio…

—¿Sí?

—Me prometí que no indagaría acerca de cuestiones personales y no lo haré. No quiero que pienses…

—Ha sido mi madre la que la ha invitado, sin preguntármelo siquiera —la interrumpo sin contemplaciones, entiendo que le debo una explicación, también que no es lo adecuado, pero me la suda—, es una auténtica pesada y no parará hasta verme comprometido con la mujer que ella apruebe.

Mi confesión la deja asombrada y su cara así lo transmite.

—¿Hablas en serio?

—Sí, Julia, hablo en serio.

—Vaya.

—Catalina es mi acompañante de día y de noche, no puedo oponerme, y si hoy he podido estar contigo todo el día es porque se encontraba mal y se ha quedado en el hotel, me crees, ¿verdad?

—Sergio, deja de hablar y bésame. Aprovechemos el tiempo que tenemos.

—Oh, nena, eres increíble.

Sin más alzo su vestido, para no romperlo, y la levanto del suelo, mientras ella abraza mi cintura con sus piernas.

Termino empotrándola contra la pared y follando como animales. Esta vez no puedo contener mis instintos más bajos y ella se acopla a mis dictámenes, encantada de sentir en sus propias carnes la lujuria y la pasión que un par de gilipollas le hicieron creer que no poseía.

Pobre ilusos.

—Joder, Julia, me vuelves loco —susurro sobre sus labios antes de besarlos con ternura. Nuestra respiración va acompasándose a la normalidad, después de las emociones vividas, y la mantengo pegada a mí todo lo que puedo—, acabo de hacerte mía y no me parece suficiente, ¿qué te parece si pasas esta noche en mi hotel? Fingiré una indisposición para pasar más tiempo contigo, ¿qué te parece? Dime que sí, por favor.

—Lo estoy deseando, Sergio.

—Vale, te daré la dirección. Coge un taxi y espérame allí, nena.

—No tardes —es su escueta respuesta antes de marcharse.

Un tiempo después, salgo del baño con una sonrisa de oreja a oreja en la cara y me dispongo a interpretar un papel estelar.

Lo que sea con tal de pasar una noche entera con Julia.

Sí, lo que sea.

CAPÍTULO 13

Sergio

Mi cara es un poema. Catalina me acompaña hasta el hotel y no se ha despegado de mí en todo el trayecto. En cuanto le he comentado que no me encontraba bien, y que me retiraba a descansar, allí estaba ella, desempeñando el papel de salvadora, cuando lo que deseo es darle una patada en el culo y mandarla lejos. A miles de kilómetros si es posible. ¿Lo es?

Joder, ¡qué suerte la mía!

Afortunadamente, la sensatez de Julia es la esperada, en cuanto pasamos al interior la veo sentada en uno de los sillones del *hall* y no se acerca. Prefiere mantenerse alejada y se lo agradezco. Por nada del mundo quiero que la pájara esta vaya con el cuento a mi madre. Si se entera de su existencia, a saber de lo que sería capaz y no quiero movidas innecesarias.

¿Para qué?

—Por fin parece que entras en razón, Sergio, mira que te ha costado —susurra Catalina, directa al grano, a la vez que se arrima más de lo que debería.

Mira que se le da bien.

Y oye, ya no puedo más. Estoy hasta los huevos de cargar con ella, de notar su acoso constante y no pienso morderme la lengua durante más tiempo.

No, de eso nada, Julia está presente y me repatea que tenga que ser testigo de las estratagemas de una tía que se cree con el derecho de llevarme a la cama por su estatus social, y nada más lejos de la realidad. La única que se ha ganado el derecho de compartir mi cama es una jovencita insegura, tímida, sincera, y con una calidad humana que rebasa con creces la astucia y avaricia que destila Catalina por cada poro de su piel.

Así es.

—¿Qué? —Me planto con una seriedad que debería de bastarle.

Dejo a un lado mis modales y aparto su mano de mi brazo. No soporto su contacto y ya es hora de que lo sepa.

¡A tomar por culo!

—Mira, Catalina, aquí la que parece que no entra en razón eres tú, ¿acaso te da igual que pase de ti y ni te haga caso? Mi paciencia tiene un límite y tú estás acabando con ella.

—Pero tu madre me dijo…

—¿Qué te dijo, Catalina?

—Que tú querías conocerme.

—Pues te mintió, ni te quise conocer el día

que os dejé plantadas, ni tengo el mínimo interés en alguien como tú.

—¿Por qué dices algo así?

—Fácil, el único requisito imprescindible, para ser mi novia, es que debo ser yo, y solo yo el que la elija, no mi madre. Siento ser tan grosero, pero tú te lo has buscado. Llevas acosándome desde que llegaste y ya no puedo más. Y ahora, si tienes un poco de dignidad, recogerás tus cosas y mañana mismo te largarás de aquí. ¿La tienes?

—¿Y tú hablas de dignidad? —me reprocha levantando la voz—. Mírate, con los años que tienes eres incapaz de negarte a lo que tu querida mamaíta disponga, odias estas fechas, en cambio aquí estás, en el lugar que destila Navidad por los cuatro costados, así que ni se te ocurra hablar de dignidad cuando tú careces de ella, cretino.

Plas, me cruza la cara, haciéndose la ofendida, y después va directa a los ascensores.

Y yo, mientras, giro el cuello, guiño el ojo a Julia y voy a por ella.

Al fin.

—Menuda bofetada te ha dado, ¿qué ha pasado?

—Nada, le he dicho que no la soporto y que si tiene algo de dignidad que recoja sus cosas y mañana mismo se marche.

—Sergio, creo que te has pasado.

—¿Qué me he pasado? Desde el primer día sabe que no la soporto y le ha dado igual, ¿sabes que cada una de las putas noches que llevamos aquí he tenido que pararle los pies? Ahí donde la ves estaba más que dispuesta a meterse en mi cama y,

¿sabes qué? Aquí, y ahora, ese lugar le pertenece a una única persona.

—¿Ah, sí?

—Sí, y te daré una pista. Esa persona lleva un vestido de infarto, que es el causante de que haya estado empalmado durante toda la noche, y ya va siendo hora de que se lo quite a la mujer que me tiene loco.

Julia se muerde el labio, de manera involuntaria, y mi autocontrol se esfuma como la espuma de una cerveza.

—Ven conmigo. —Mi voz suena a lo que es, autoritaria, concisa y clara. Se acabaron las tonterías.

Sin tiempo que perder cojo su mano, cruzo hacia el lado contrario del lugar en el que Catalina se ha marchado, y llamo al ascensor. Entonces no me corto y, mientras espero, arrincono a Julia entre la pared y mi cuerpo sin que me importe una mierda que los clientes del hotel nos vean.

Me la pela.

—Llevo conteniéndome desde que te vi con ese vestido, nena, y lo sucedido en el baño del casino solo ha sido un aperitivo. De ti lo deseo todo, Julia.

—Sergio.

—¿Sí?

—Tienes mi permiso para hacer conmigo lo que quieras —me contesta con la mirada turbia, los labios entreabiertos y el rostro ruborizado.

—No te quepa la menor duda de que lo haré.

Las puertas del ascensor se abren, tiro de su mano y, antes de que se hayan cerrado, ya la tengo acorralada, esta vez entre el espejo y mi erección, y la obligo a darse la vuelta.

—Mírate, Julia, ¿cómo pudiste creer a esos dos imbéciles? Estás tan cachonda como yo y no puedes esperar más, ¿me equivoco?

—No —susurra con dificultad.

—Lo sabía.

Me arrodillo y subo poco a poco su vestido, aspiro su olor y termino arrancándole el tanga mientras ella grita extasiada.

—Sergio, nos van a pillar.

—¿Y? Abre las piernas, cariño.

Obedece a la primera y se sujeta a ambos lados del espejo. Parece que sus piernas flojean y lo que no sabe, todavía, es que no he empezado con ella.

—No dejes de mirarte —le ordeno.

Un nuevo grito sale de su boca, al pillarla desprevenida, y le propino un cachete en el culo.

Su cara habla por ella.

Le gusta.

—Julia, escucha bien lo que voy a decirte. De ti depende el tiempo de exposición, cuanto más tardes en correrte más posibilidades existen de que nos pillen, ¿lo captas?

—¿Qué?

De pronto, un jadeo incontrolable sale de su boca, acabo de repasar su sexo con mi lengua y no se lo esperaba, lo que ocasiona que sus piernas tiemblen como un flan.

—Sujétate bien y no dejes de mirarte, ¿entendido?

Ras. Un nuevo repaso de mi lengua libera un

gemido animal y sé que no durará mucho más.

—Tu esencia es pura ambrosía, nena, eres el mejor manjar que he probado nunca y aquí me tienes, muerto de hambre.

—Joderrr —grita Julia, dejándose llevar.

Ahora es mi boca la que entra en acción y barajo la posibilidad de que sus piernas no puedan sostenerla.

—¿Nadie te ha hecho esto antes?

—No.

—La hostia, Julia, ser tu primera vez es mi mejor regalo.

Saber que soy el primero en degustarla me pone a cien, mi polla va por libre y absorbo su clítoris con devoción.

—Sergio, Sergio…

Sé que está a punto e introduzco mi lengua en su interior. A continuación, un grito liberador me pone sobre aviso y actúo con rapidez.

La cojo entre mis brazos y la sujeto, mientras ella cae desmadejada sobre mí.

Joder, la experiencia en conjunto ha despertado a la fiera que llevo dentro, y si no me contengo armaremos un lio cojonudo. No pueden pillarnos follando en un lugar tan exclusivo y mi polla discrepa, no piensa igual.

Instantes después, las puertas vuelven a abrirse y salgo escopetado, con ella en brazos y con la llave de mi habitación en la mano.

La locura se desata en cuanto entramos y ni siquiera llegamos a la cama. Ya habrá tiempo.

Bajo la cremallera del vestido y Julia desabrocha mi pantalón. Es conocedora de que la necesito con premura y no se opone cuando la siento sobre la cómoda.

Instantes después la penetro de manera salvaje, embistiéndola sin piedad y compruebo lo dispuesta que está para mí. Solo para mí.

Parezco un puto quinceañero y soy incapaz de alargar el momento. Su manera de corresponderme, sumado a sus gemidos, me vuelve loco del todo y termino corriéndome en su interior, sin preservativo.

Mierda.

—Joder, nena. No sé qué es lo que tienes, pero ni siquiera me he acordado de ponerme un condón.

—¿Qué?

—Tranquila, estoy limpio. Mañana iremos a una farmacia y pediremos la píldora del día después, ¿vale?

—Vale.

—Prepararé el *jacuzzi*, no hemos terminado.

Beso su mano, como si fuese un caballero, y entro en el baño.

—Puedes ojear lo que quieras, estás en tu casa —grito desde dentro.

***

Julia

Me abrazo a mí misma y miro la impresionante habitación, parece que continúo inmersa en un maravilloso cuento y la piel no tarda en erizarse.

«Dios del amor hermoso, ¿qué acaba de pasar

aquí y en el ascensor?», me pregunto con las piernas todavía temblando. Parece que son de gelatina y apoyo la espalda contra la pared. Después respiro con calma una vez, otra, otra, otra y…

Y ahí están las lágrimas, unas lágrimas que caen por mis mejillas sin contención, llevándose consigo parte del maquillaje, y sin que me importe una verdadera mierda.

Lloro emocionada, se trata de una liberación reveladora, y ni siquiera me las limpio. No puedo, estoy tan inmersa en cada uno de mis sentidos que lo único que puedo hacer es recrear el maravilloso cuento que estoy viviendo. Sí, así es, yo, una tía de lo más sosa y aburrida, se acaba de convertir en la protagonista absoluta, y está más que dispuesta a tirarse, una y mil veces, al príncipe azul.

Como ha cambiado la historia, ¿eh?

—Cariño, ¿estás bien?

Regreso de las nubes, aunque no del todo, puesto que con él siempre estoy subida en ellas. Es la segunda vez que me llama cariño y vuelvo a recrear el mundo perfecto en el que me encuentro, entonces alzo el mentón para mostrarle el grado de felicidad que llevo encima, lo demás no importa. Aquí, y ahora, solo importan los sentimientos que bullen en mi interior y no pienso ocultarlos. Es más, sigo mis instintos y, sin decir nada, me lanzo a sus brazos con el objetivo tan maravilloso de, simplemente, sentir.

Sí, es el momento para ello y me refugio en su pecho, sin dejar de llorar, mientras me empapo de un momento que será único para el resto de mi vida, y cubro las necesidades de una mujer que no puede ocultar el vaivén de emociones que siente.

Y aquí me permito numerarlas:

Necesito sentir su cariño.

Necesito saber que soy especial para él.

Necesito liberarme.

Necesito mostrar a la desconocida que llevo dentro, y que ni siquiera sabía que existía.

Y, sobre todo, necesito ser conocedora de que soy importante para un hombre como Sergio.

¿Locura? Seguramente.

¿Y qué?

—Ey, ¿qué te pasa? Me estás asustando.

—Gracias —es lo único que sale de mi boca.

—¿Gracias? —pregunta Sergio con el ceño fruncido—, ¿por qué me das las gracias, Julia?

Sorbo por la nariz, lo abrazo más fuerte, si es posible, y susurro:

—Por mostrarme que soy como cualquier otra chica, por eso.

Sergio cierra los ojos, tensa la mandíbula y…

—Anda, ven aquí.

Me alza como si fuese una pluma y me lleva hasta el interior del baño. Una vez allí termina de quitarme las pocas prendas que llevo puestas, y me ayuda a entrar en el *jacuzzi*. Después se desnuda él y me acompaña.

—Cariño, no tienes que darme las gracias, más bien el afortunado soy yo por dejar que te conozca. Nunca antes me habían abierto el corazón como tú lo has hecho.

—Soy lo que ves, Sergio.

—Sí. Única, ejemplar, buena persona y transparente, así eres.

—Oh, cállate o no dejaré de llorar.

—Esas lágrimas están permitidas, Julia. Son lágrimas de liberación y de guerrera, ¿a que sí?

—Sí.

—Y también son lágrimas de una mujer que sabe que tiene prohibido enamorarse, ¿verdad, Julia?

—Eres muy pesado, ¿lo sabías?

—Prefiero serlo. No quiero ser el causante de ni uno solo de tus sufrimientos, ¿estamos?

—Y no lo serás. Aunque quisiera buscarte no podría, me he prometido que no te haré ninguna pregunta personal, sé a lo que me expongo, y sé que tú y yo no tenemos nada que ver cuando volvamos a nuestro mundo. ¿Contento?

—Mucho, nena.

Cierro los ojos al notar sus manos masajeando mi cabeza y me limito a disfrutar del momento.

A continuación oigo cómo abre el champú, echa un chorro sobre su mano y se dispone a lavarme el pelo.

¿De verdad?

Y sonrío feliz, desde luego que este hombre lo tiene todo.

CAPÍTULO 14

Sergio

Desde la cama atisbo los primeros copos de nieve, está amaneciendo, y decido levantarme con cuidado. Julia permanece desmadejada en mi cama y prefiero no despertarla.

Debe de estar agotada.

Encamino mis pasos hacia el baño y cierro la puerta con sumo cuidado. La necesidad de darme una ducha para despejarme es imperiosa, ya que el grado de aturdimiento que tengo encima es demoledor.

Sí, soy consciente de que acabo de complicarlo todo, por lo tanto debo de echarle un par de huevos al asunto y analizar la complicada situación en la que estoy inmerso.

Vamos, que necesito aclarar mis ideas y, sobre todo, poner cierta distancia entre Julia y yo. Debo pensar con algo de sentido común, ese que, según parece, se ha fugado en el momento más crucial e importante, y una pregunta desoladora se presenta ante mí.

Joder, ¿cómo es posible que la haya cagado tanto? Y digo esto porque jamás debí de permitir el grado de unión que esta noche ha arrasado con mi regla establecida número uno, jamás, y esta es: no mostrar nunca ningún tipo de sentimiento hacia la otra persona.

Fácil, ¿verdad? Pues no, de fácil nada y la he dinamitado por una mujer a la que casi no conozco, y la que es la razón de que me encuentre completamente desubicado, como nunca antes. Ajá, la mujer que duerme en mi cama, después de pasarnos la noche entera entregándonos el uno al otro, es la culpable de que me encuentre perdido, abrumado y en estado de alerta total.

Vaya error garrafal que he cometido, me he dejado llevar y he fracasado rotundamente al consentirlo; aquí el ser racional y frío debería de ser yo y, como os digo, no he estado a la altura de las circunstancias. La cuestión, ahora, es la siguiente:

Si sabía que Julia no era, ni de lejos, como cualquier otra con la que me he acostado (y después si te he visto no me acuerdo), ¿por qué he correspondido a la demanda que anhelaba?

Sé lo peligroso que podría resultar y he jugado con fuego.

¿Nos terminaremos quemando?

Ya os he comentado que mi sentido común supo, desde el primer instante, que ella era especial y decidió ser cauteloso; quiso interponer una distancia para alejarse, en cambio aquí estoy, debajo de la ducha, con los ojos cerrados y sin poder apartarla de mi mente. Parece que se ha adueñado de ella y rememoro las veces que hemos follado y hecho el amor.

Sí, esta noche hemos dado un paso más allá, un paso que ha resultado ser un auténtico disparate, y he consentido hacerle el amor, involucrando mi alma entera mientras nos mirábamos con una angustia infinita, y mientras mi adorada Julia lloraba de emoción. Ha sido especial, teniendo en cuenta que las horas previas nos las hemos pasado fornicando como conejos, y el resultado será nefasto para un alma pura y enamoradiza de por sí, como ella.

Dejo escapar el aire de mis pulmones con pesar, soy consciente de que me he entregado con la misma pasión que ella, e interpreto que Julia no podrá llevar a cabo mi petición, esa que bajo ningún modo debe producirse, y esa que puede que ya esté instalada en el corazón de una mujer a la que le he ofrecido un escenario irreal, mágico y de cuento.

Y aquí viene el quid de la cuestión:

¿Qué pasará cuando regrese a la realidad?

El batacazo será impredecible y ya no hay vuelta atrás.

Joder, ¿por qué no la seguí ignorando y se acabó? Me siento el ogro de esta historia, no el príncipe, como ella me debe de ver, y no sé a qué atenerme, la verdad.

¿Y si me largo de aquí? Si regreso a Madrid, sin despedirme, existe la posibilidad de que la hiera en lo más profundo de su ser, dándole motivos más que suficientes para que tarde menos en olvidarme, y por lo tanto sufra menos.

¡Joder!

Apoyo la frente sobre los fríos azulejos y suspiro atemorizado.

¿Por qué he dejado que mi parte de abajo tome el control?

Mi cuerpo entero se destensa en cuanto siente sus manos alrededor de mi cintura. Al parecer no estaba dormida y ha acudido en mi busca.

—Julia, pensé que estabas dormida.

—Debería, estoy demasiado cansada, pero en cuanto te has levantado he sentido tu ausencia y no he podido evitar venir a buscarte.

Tenso la mandíbula, me mantengo de espaldas y, por primera vez en mi puta vida, no sé cómo actuar.

—¿Estás bien? —me pregunta con su voz suave.

—No, Julia, no lo estoy.

—¿Por qué?

—¿Y tú me preguntas por qué?

Me giro y cojo su linda cara entre mis manos, la miro con devoción y… algo se desintegra en mi interior, entonces sigo un instinto primitivo, me dejo llevar por la furia que llevo dentro y bajo hasta su boca, abordándola de manera salvaje.

Noto que estoy listo para un polvo rápido. Parece que la locura se ha apoderado de mí y ella no se opone, a pesar de que debe de tener dolorido el cuerpo entero, y puede que sea debido a mi manera de proceder.

No me quita el sueño, la urgencia por borrar parte de lo sucedido entre nosotros adquiere un cariz diferente, y me dispongo a practicar sexo sin más.

Sí, dejo salir al cabrón que a veces llevo dentro, y la tumbo sobre el suelo de la ducha. No me importa lo incómoda que pueda estar y, sin más, la embisto como si se tratara de una de mis conquistas, como a una más.

Un gemido de dolor sale de su boca, no está preparada para otro asalto y yo me limito a obtener lo que busco. Cierro los ojos y sigo, como un animal, en busca de estropear el idílico instante que hemos compartido entre las sábanas.

Lo necesito o enloqueceré.

—Me haces daño —oigo su queja con voz temblorosa.

En cuanto escucho su lamento regreso a la realidad. Entonces, abro los ojos, veo sus lágrimas, esta vez de sufrimiento, y me odio por ser el causante.

Su rostro tan dulce expresa el aturdimiento que siente y termino apartándome hacia el rincón más extremo, allí me quedo con las piernas flexionadas, con la cara escondida entre mis manos y dándome un profundo asco a mí mismo.

¿Qué coño pretendía?

—Sergio —murmura temblando—, ¿qué te sucede? No lo entiendo, y menos después de…

—Shhh, no lo digas, te lo suplico.

—¿Por qué?

—Porque no ha debido de pasar y mi manera de salvarte es borrarlo, aunque sea mostrándote al animal que llevo dentro. No puedes albergar unas esperanzas que nunca llegarán, Julia.

Su cara cambia en cuanto me escucha.

—¿Por eso has actuado así?

Asiento con la cabeza.

—Sergio, por favor, mírame.

No puedo. Después de mi comportamiento mezquino y ruin, no.

Y va ella y se acerca, me quita las manos de mi cara y la llena de besos.

—No merezco ni uno solo de tus besos, Julia, acabo de hacerte un daño gratuito.

—Te equivocas, te los mereces todos, ¿y sabes por qué? Porque tu cara habla por ti y me dice el grado de implicación al que te acabas de someter con tal de que mi sufrimiento sea menor, a la larga.

—No sabes lo que dices —y trato de oponerme a que siga mostrándome su cariño, sin conseguirlo, claro.

—Sí, por supuesto que lo sé.

Se arrodilla frente a mí y, solo cuando la miro a los ojos, pronuncia:

—No solo has conseguido que me sienta una mujer normal, has logrado despertar mi sexualidad y, lo más importante, he de decirte que, gracias a ti, sé lo que se siente al hacer el amor, y es lo que tú y yo hemos hecho esta mágica noche.

—Julia…

—Shhh —pone su dedo en mi boca y me impide hablar, al parecer no ha terminado y presiento que no parará hasta que lo consiga, ¿para qué oponerme?—, Sergio, asumo el riesgo que conlleva todo lo que estoy viviendo contigo, y lo acepto con decisión. Cuatro días, solo te pido que no me apartes de ti y que me brindes la oportunidad de pasarlos juntos. Olvídate de lo que pueda sentir o no, olvídate de que pueda salir perjudicada o no, y olvídate de que pueda existir la posibilidad de que termine enamorándome de ti, porque no importa, Sergio. Gracias a ti veo la vida de manera diferente, y si tengo que pagar un peaje por ello bienvenido sea.

—No puedes estar hablando en serio.

—Vuelves a equivocarte, Sergio, por primera vez en mi vida sé lo que quiero, y para mí no existe el mañana, oh, no, solo el ahora, y me ofrece la posibilidad de seguir sintiendo con el hombre maravilloso que tengo a mi lado, así que deja de pensar en mí y sé egoísta, te lo suplico.

—De verdad que no doy crédito, ¿estás sugiriéndome que me comporte como cualquier cabrón y que me guie por las ganas que siento de tener sexo contigo a cualquier hora del día?

—Sí.

—¿Estás segura?

—Completamente.

—Pero acabaré rompiendo tu corazón, ¿lo sabes?

—Lo sé.

—Joder, Julia, no puedo. Contigo no.

—Pues entonces tenemos un problema.

—¿A qué te refieres?

—A que no voy a renunciar a ti en el lugar en el que estamos, lo siento, pero no me vale ningún otro hombre.

—¿Y qué pasará cuando estemos en Madrid?

—Los dos lo sabemos. Tú seguirás con tu vida y yo, gracias a ti, empezaré a construirme otra que merezco.

Abro la boca, para intervenir, y no me deja.

—Y no me preguntes que si estoy segura, porque jamás he hablado más en serio.

Sopeso cada una de sus respuestas y no tengo alternativa.

Caigo rendido a sus pies, ¿cómo no?

—Ven aquí, cariño.

La abrazo con una ternura indescriptible y después enjabono su cuerpo con una delicadeza extrema, mientras beso sus labios con deleite.

De momento no habrá más sexo, debe descansar y termino llevándola a la cama entre mis brazos.

Antes de dejarla, ya está dormida.

* * *

Bajo en el ascensor muerto de sueño, estoy verdaderamente molido, y doy fe de que nada me gustaría más que sentir el menudo cuerpo de Julia pegado al mío mientras reponemos fuerzas. La noche ha sido de traca, aunque todo a su debido tiempo.

Antes debo hacer un par de cosas.

CAPÍTULO 15

Sergio

La mañana empieza con buen pie y ese detalle me levanta el ánimo.

Punto número uno, la pesada de Catalina se ha marchado.

Punto número dos, para mi sorpresa no ha dado ninguna explicación, dejándolos a todos boquiabiertos.

Punto número tres, he abordado a mi madre y le he dejado claras mis intenciones. Los siguientes días que no pregunten por mí, voy por libre y, después de la encerrona que me orquestó, no ha podido contraatacar, lo que significa que tengo el camino despejado para campar a mis anchas.

Punto número cuatro, a media mañana me presento en el hotel en el que se aloja Julia, allí mantengo una conversación tensa, seria y borde con sus amigas, pero prefiero ser honesto. Quiero ponerlas en antecedentes y que sepan que la que está dispuesta a pasar el resto del tiempo que nos queda de estar juntos, en St. Moritz, es ella a pesar de mis vanos intentos de persuadirla.

Y, punto número cinco, tiro de influencias, también de pasta, y orquesto un plan para el día siguiente. Mi propósito es agrandar el cuento a una persona especial y lo haré; ahí, sus amigas, saben estar a la altura de las circunstancias y me dan las pistas necesarias para llevarlo a cabo. Interpretan que mis intenciones son buenas y no se oponen.

Resulta un verdadero alivio. Son dos mujeres con un carácter y personalidad incuestionables, y convertirme en su enemigo acérrimo no obraría a mi favor, sino todo lo contrario.

Una vez que tengo todo atado regreso a mi hotel, me desprendo de toda la ropa y, ahora sí, me dispongo a dormir junto a la mujer por la que estoy dispuesto a cometer la mayor chorrada que he hecho en toda mi vida.

¿Me importa? Pues no, ella se lo merece y punto.

¿Qué más da?

***

Julia

Abro los ojos poco a poco y observo la tenue luz que envuelve la estancia. La noche es cerrada y lo corroboro al mirar hacia la ventana.

Bostezo con pereza mientras me incorporo, y allí está Sergio, sentado en una butaca frente a la cama esperando a que despierte. Su pelo me da indicaciones de que está recién duchado y me recibe con una maravillosa sonrisa.

—Buenas noches, princesa. Llevas durmiendo más de diez horas.

—¿Tanto?

—Así es, y supongo que estarás hambrienta, ¿no?

—Mucho.

—Me lo suponía, me he tomado la libertad de pedirte algo para comer.

Lo escucho entusiasmada, envuelvo mi cuerpo desnudo con la sábana y salgo de la cama. Estoy famélica de hambre y me dirijo a la enorme bandeja que está sobre la mesa.

—¿Tú has comido?

—Sí, hace un rato. Todo tuyo.

El resto del tiempo lo paso engullendo sin parar, termino probando los exquisitos postres, y solo entonces vuelvo a ser persona.

—Me duele todo el cuerpo, creo que tendré agujetas por el resto de los restos.

—Después de lo que nos hemos ejercitado durante toda la noche no me extraña, eres insaciable, Julia.

—Sí —afirmo ruborizada—, has despertado a la fiera que llevo dentro, y me alegro. Oye, ¿qué ha pasado con Catalina? —curioseo una vez que tengo el estómago lleno.

—Se ha marchado.

—¿Así, sin más?

—Sí, lo que significa que dispongo de tiempo para ti, ¿es eso lo que querías?

Mi manera de contestarle es simple, me levanto de un salto y aterrizo en sus brazos.

—Bueno, pues ahora falta convencer a las chicas, me resultará difícil no discutir con ellas, pero…

—Ya lo he hecho yo.

—¿Qué?

Flipo, ¿de verdad se ha atrevido a visitarlas?

—Lo que oyes —corrobora tan campante.

—¿Y no te han arrancado la cabeza?

—Pues no, aquí la tengo —bromea tocándosela.

—Jo, Sergio, has sido muy valiente. Si por ellas fuera…

—Espera, no te adelantes y me estropees el momento. Les he dicho la verdad y al final se han mostrado benevolentes conmigo y todo.

—¡No! —exclamo con estupefacción.

—Sí, Julia, les he dejado claro que has sido tú la que se ha empeñado en continuar con esta locura, también que sabes a lo que te arriesgas, y oye, parece que han entrado en razón.

Si ya lo digo yo, lo que no consiga este hombre.

Tonteamos un rato sobre la cama y en ningún momento intenta abordarme. Lo de que me duele todo es cierto y ambos preferimos reservarnos para lo que surja al día siguiente.

Total, después de la maratoniana noche de sexo estamos bastante satisfechos, la verdad.

—Julia.

—¿Sí?

—Este es el plan, te acompañaré al hotel, allí

te dejaré con tus amigas y yo aprovecharé para cenar con mi familia. A partir de mañana te dedicaré todo el tiempo que pueda y, si te parece bien, empezaré con una sorpresa que te agradará bastante, para ello debes descansar lo máximo posible. Te prometo que será un día que no podrás olvidar así como así.

—¿Otro? —pregunto dando palmas como si fuese una niña pequeña.

Sergio me observa embelesado, se le nota a la legua y yo no oculto mis sentimientos.

Ni loca podría, y sonrío de felicidad.

—¿Sabes? Me encanta compartir contigo momentos como este, no estoy acostumbrado y verte así de contenta es una auténtica maravilla, ¿lo sabías? Eres única mostrando la naturalidad que te precede.

—No te lo negaré, no, pero oye, ¿no puedes darme alguna pista? No puedes dejarme en ascuas.

Sergio aprovecha para hacerme cosquillas y yo me muero de la risa.

—Mis labios están sellados, cariño, no sería una sorpresa si se me ocurriese desvelarte algo, ¿no te parece?

Me quedo ensimismada mirándole, en cuanto escucho cómo vuelve a dirigirse a mí, y susurro emocionada:

—Sergio, podría acostumbrarme a que me llamaras así. Me gusta demasiado.

—Chttt…

—¡Qué sí! Pesado, que me refiero a estos días y después si te he visto no me acuerdo.

—Así me gusta, anda, vámonos. Tienes que

descansar todo lo que puedas o te quedarás sin tu ansiada sorpresa.

—Ah, no, de eso ni hablar.

Poco después estoy enfundada en el espectacular vestido que llevé anoche, sus delicados dedos me ayudan a abrocharme la cremallera y salgo la primera de la lujosa habitación.

Hemos quedado en vernos en la esquina y acepto, soy conocedora de que nadie de su entorno puede saber de mi existencia y no se me ocurre discutir.

Quita, quita, cuanto más lejos de su adinerada familia mejor que mejor, no sea que exista la posibilidad de quedarme sin mi preciado regalo, de la que se ha convertido en una Navidad especial, puesto que, por nada del mundo, pienso renunciar a él.

Vamos, ni loca.

***

Salgo al exterior y espero en la esquina. Diez minutos después, aparece Sergio, asemejándose al príncipe que tengo idealizado, y me coge de la mano. Tira de mí y emprendemos el camino de regreso al hotel en el que me alojo.

En ningún momento nos damos cuenta de que alguien, cerca de nosotros, nos vigila. Es muy astuto y se mantiene a una distancia prudente.

¿De quién se tratará?

CAPÍTULO 16

Julia

Antes de que amanezca, Sergio pasa a buscarme. Le cuento que no he pegado ojo en toda la noche, y emprendemos el camino hacia un destino desconocido para mí, en busca de la sorpresa que me ha preparado.

¿Qué será?

Y así es cómo empezamos la mañana, subiéndonos a un tren que nos llevará hasta Montreux, mientras dedicamos el trayecto a permanecer juntos, a tontear sin parar y a no dejar de toquetearnos. Podríamos decir que somos bastante empalagosos, y admito que me chifla la definición.

Nos viene como anillo al dedo.

En cuanto llegamos, Sergio sigue sorprendiéndome, al parecer hay que coger otro tren y ni se me ocurre rechistar.

¿Os he dicho ya que estoy encantada de la vida? Pues lo estoy. Mil mariposas pululan en mi interior y, al nerviosismo, hay que sumarle la emoción y las expectativas; un conjunto general que consigue elevar a la máxima potencia todos y cada uno de mis sentidos.

Las espectaculares vistas de los Alpes suizos dan la magia añadida e inmortalizo el paisaje con una multitud de fotos. En ellas capto los idílicos bosques cubiertos de nieve, y el lago Leman, sin duda una panorámica única e indescriptible.

Una hora después, llegamos a Rochers-de-Naye y grito de emoción al descubrir lo que Sergio quiere mostrarme, y es que diviso las indicaciones que nos guiarán hasta la casa de Papá Noel, y me muero de amor.

Literal.

—¿Quieres estarte quietecita? —Ríe mi príncipe azul mientras no paro de dar saltitos.

—No puedo —chillo exaltada y con una sonrisa de oreja a oreja—, Sergio, nadie podrá superar nunca una sorpresa como la tuya, acabas de poner el listón demasiado alto y... oye, ahora que lo pienso, ¿de verdad aspiras a que crea que alguien que odia la Navidad es capaz de traerme a ver a Papá Noel? No será una trola, ¿verdad? ¿O puede que te hayas aprovechado de las ilusiones de una menda para tener la oportunidad de venir a visitarla? Venga, confiesa.

—Estás chalada, ¿lo sabías?

—Lo sabía —afirmo abrazándolo con fervor, de seguido me aparto y le apremio, tirando de su mano enguantada—, venga, venga.

—El gordinflón no se irá en todo el día, Julia. No hay prisa.

—Eso lo dirás tú, vamos, vamos —repito, asemejándome a una niña pequeña.

Sí, lo admito. Es lo que soy en estos momentos.

Sigo entusiasmada los carteles y nos llevan a una cueva situada en el interior de la montaña, su iluminación luce de manera mágica, y al final, en la estancia principal, por fin veo a *Santa Claus*.

Y oye, aquí desvelo que no puedo evitar soltarme de la mano de Sergio, para correr a su encuentro, y el pobre hombre debe de alucinar en colores, cosa que me da exactamente igual.

Y os digo esto porque termino abrazándome a él como si fuese una verdadera lapa. Sí, en efecto, quizá por ello mis amigas eran reacias a acompañarme, ni locas querían que las pusiese en ridículo, y mira tú por dónde, al final se han librado.

Mi intensidad sube de grados al contemplar a Santa entregándome un reno de peluche y una chocolatina. También un diploma que corrobora que hemos estado allí, y con todo el dolor de mi corazón emprendemos el camino de salida.

Y *voilà*, por arte de magia mis queridas lágrimas ya están presentes, nunca fallan, bien sea para lo bueno o para lo malo, pues tienen la mala costumbre de manifestarse siempre, ¿qué lo voy a hacer?

Sergio, mientras, no me quita los ojos de encima, embelesado por cuanto transmito.

—¿Contenta?

—Más bien feliz, gracias.

—De nada.

Besa mis labios y le respondo con fervor, no puede ser de otra manera.

—Vamos, todavía nos quedan un par de horas antes de que anochezca.

Cogemos el tren de vuelta a Montreux y aprovechamos para ver el mercado navideño, está situado en los muelles de la ciudad y, según me cuenta Sergio, es el mejor considerado de toda Suiza. Allí aprovechamos para comer y bebemos vino caliente. El frío es intenso y nos viene de maravilla.

Y, para dar fin a un día inolvidable, terminamos subidos a la gigantesca noria que hay montada al terminar el mercadillo, desde allí las vistas impresionan y el cariz romántico cobra especial relevancia.

¿Cómo nos lo íbamos a perder?

Ains, si es que este chico ha conseguido en días lo que ninguno, y le estaré eternamente agradecida.

Sí, ya sé que me estoy poniendo nostálgica, pero aceptar que deberé volver a la realidad es duro, muy duro tras cada instante vivido junto a él... Bueno, aprovecharé el tiempo a tope y ya habrá tiempo de reconstruirse a sí misma, ¿verdad?

—Mira, una estrella fugaz, piensa un deseo.

Sergio señala la estrella y la veo. Cierro los ojos y...

Mierda, ¿por qué he pedido un deseo que no podré tener jamás? La melancolía vuelve a invadirme y disimulo como puedo. Desde el principio sabía los riesgos que corría, eso sí, lo que nunca imaginé fue que podría enamorarme hasta las trancas, y tan rápido, del hombre que coge mi mano mientras la noria da vueltas y vueltas.

Poco después, desandamos nuestros pasos y dejamos el mercadillo y la noria a nuestra espalda, el tren que nos llevará de regreso a St. Moritz está a punto de partir y no lo podemos perder.

Ni sé la infinidad de veces que echo la vista hacia atrás, si de mí dependiese no me marcharía nunca de este lugar, un lugar que guardaré bajo llave en mi corazón y que recordaré siempre.

***

La intensidad de lo vivido, a lo largo del día, me deja exhausta y termino quedándome dormida una vez que me acoplo en el asiento, eso sí, lo hago sobre el regazo de Sergio.

Sí, así es, parece que hasta dormida necesito su contacto, y lo busco entre sueños llenos de almíbar, algodones de azúcar y príncipes.

***

—Hemos llegado, princesa.

Abro los ojos y le miro sin saber dónde estoy. Al incorporarme lo recuerdo.

—Vaya, me he quedado dormida.

—Sí, como un tronco, y créeme si te digo que te vendrá de perlas.

Frunzo el ceño, un tanto desubicada, y él no tarda en aclararme a lo que se refiere. ¿Cómo no?

—Esta noche también la pasaremos juntos en

mi hotel, no pienso dejarte dormir ni renunciar a ti, que lo sepas.

—¿Y quién te ha dicho que tengas que renunciar a mí? Por supuesto que pasaré la noche contigo, Sergio, esta y las dos que quedan, no tengas la menor duda.

—Así me gusta, nena. Hoy he sido benevolente contigo, pero se acabó. Tu cuerpo ha tenido tiempo de recuperarse, y mi apetito por ti no hace más que aumentar. ¿Estás preparada para otra noche memorable?

—¿Y tú? —le respondo con voz provocativa.

—Parece que aprendes deprisa, ¿eh? ¿Qué está pasando con la chica insegura y tímida?

—¿Y tú lo preguntas, chato? Tú, y solo tú has empezado a dinamitar a esa chica, así que prepárate. Estoy dispuesta a todo contigo.

—Dios, cómo me gusta.

***

Mientras, en una cafetería de St. Moritz...

—Anoche pasaron la noche juntos y hoy han estado en Montreux, tengo las pruebas en el teléfono móvil. Tal y como te digo debe de ser una chica vulgar, el hotel en el que se aloja es cutre donde los haya, aunque tu hijo parece encantado con esa fulana.

—Vaya, vaya —dice pensativa la marquesa, removiendo el chocolate caliente que va a tomarse—, a este hijo mío no hay quien lo entienda. ¿Y dices que ha estado en Montreux?

—Ajá, visitando la casa de *Santa Claus*, ¿te lo puedes creer?

—Pues sí que debe de ser buena esa cualquiera en la cama, sí, ya te dije que Sergio odia la Navidad.

—¿Y qué hacemos?

—Déjamelo a mí, ya se me ocurrirá algo.

La persona que ha seguido cada paso de la pareja sonríe con maldad, su propósito es hacer daño y, cueste lo que le cueste, lo conseguirá.

CAPÍTULO 17

Sergio

La miro con cara de idiota, al final nos hemos visto obligados a aplazar nuestros planes, que eran tan simples como pasarnos la noche entera follando, y todo debido a sus inoportunas amigas. Al parecer se han quejado de que llevan todo el día sin verla, y Julia, que es más buena que el pan, me ha suplicado que nos tomemos algo con ellas y después será toda mía y me acompañará al hotel.

¿Y qué creéis que le he dicho? Pues que vale, aceptando la condición de una mujer, que no es nada en mi vida, cuando resulta que es otra regla inquebrantable en mi día a día.

Sí, en esta anómala semana, no solo ella parece que está cambiando, y no le doy la importancia debida. Total, en tres días se marchará de Suiza y, si te he visto no me acuerdo, así que, ¿qué más dan unas reglas que en el lugar en el que estamos me importan un auténtico pepino?

Y aquí estoy, degustando la copa que me he pedido, y mirándola con cara de idiota, mientras las tres mueven sus caderas en la pista de baile al ritmo de la música. A diferencia de Julia, yo no soy mucho de bailar y prefiero esperarla en la barra, aprovechando para alegrarme las vistas, que es lo que hago.

La muy espabilada no me quita los ojos de encima, al tiempo que se mueve de manera provocativa, y le lanzo una mirada a modo de aviso. De seguir así que se prepare. Mi parte de abajo parece dispuesta a no llegar al hotel, y me relamo de gusto, dándole las pruebas indicativas de lo que me apetece llevar a cabo, y ella continúa con su provocadora actitud.

Pues bien, si ha llegado la hora de la acción, ¿quién soy yo para aplazarla?

Dejo la copa sobre la barra, avanzo hacia ella y, sin intercambiar palabra alguna, tiro de su mano bajo el beneplácito de sus amigas, las cuales parecen encantadas con la vidilla que le estoy dando a la nueva Julia, y bajo ningún concepto pienso defraudarlas.

Oh, no. De eso nada.

Y, llegados a estas alturas, creo que ya podéis imaginaros cómo terminamos, no es difícil, ¿no?

Por segunda vez la empotro contra la pared del baño, se está convirtiendo en una adicción, mientras mi adorada Julia hace lo imposible por contener los gemidos que se escapan por esa boquita que me tiene enajenado por completo.

Sí, doy fe de que he despertado a una

auténtica depredadora sexual, parece que nunca tiene suficiente y me deja agotado con tanta actividad.

¿Quién iba a decírmelo?

Mierda, si es que me vuelve loco. Y cuando digo esto me refiero a todo, incluida la parte de niña que lleva en su interior, y que me lleva mostrando desde que nos conocimos.

—Joder, Julia, vas a acabar conmigo —pronuncio con la respiración a mil después de correrme en su interior.

—Sergio, no sé cómo lo haces, pero cada vez que me tocas me conviertes en otra mujer y nunca tengo suficiente.

—Si ya te lo dije, eres pura pasión, nena. Anda, terminemos la copa y volvamos a mi hotel. La noche promete, ¿no crees?

Julia se ruboriza y quizá es lo que más me entusiasma. Jamás he conocido a una persona como ella, jamás.

Salimos tan tranquilos del baño de hombres, cogidos de la mano, y acudimos al encuentro de sus amigas con una relajación total, tanto es así, que no presto atención a las personas que entran, en ese mismo instante, en el local abarrotado de gente pija y adinerada.

Por fortuna, mi hermano mayor es el primero de todos en vernos, y acude raudo y veloz a salvarme del posible marrón que podría tener encima, si mis padres me vieran.

—Joder, Sergio, qué calladito te lo tenías, ¿eh?

En cuanto escucho la voz conocida suelto la

mano de Julia, no vaya a ser que mis progenitores estén por allí.

—La hostia, Iván, me he olvidado de preguntarte por dónde andaríais esta noche.

—Ya te veo, ya —y va e inspecciona a Julia de arriba abajo sin cortarse un pelo, analizándola más de lo que quisiera—, debes de estar muy entretenido para haberte olvidado de escribirme un wasap, y acabo de salvarte el culo. Mamá y papá también están aquí.

—¿Qué? —pregunto con estupor.

No me lo puedo creer, por norma general ellos no suelen acudir a locales de copas, y no entiendo qué hacen allí.

¿Se habrán olido algo?

No, imposible.

—Julia, mi familia entera acaba de entrar, en cuanto pueda librarme de ellos te haré una señal, ¿vale? —le digo con cautela, apartándome de ella.

—Vale —asiente antes de perderse hacia la pista de baile.

Es consecuente con cada una de las palabras que le dije, en su momento, y sabe que no podemos estar juntos si ellos están presentes.

Y de pronto escucho:

—¿Folla bien? —me pregunta Iván, mirando el culo de la que no es su mujer.

—¿Qué?

—Venís de los baños y tienes la bragueta abierta, cabrón.

Me la subo corriendo y le río la gracia, aunque no me gusta nada su forma de mirarla, todo hay que decirlo.

—Oye, ¿qué hacen aquí a estas horas? —Cambio de tema, indagando acerca de lo que me importa.

El otro tema a él no le incumbe para nada.

—Sé lo mismo que tú, mamá lleva hoy un día raro de narices y ha insistido en venir. Anda, tómate algo con nosotros y después vuelves con ese bomboncito. Joder, hay veces en las que me gustaría seguir soltero, ¿sabes? Eso de airear la polla con cualquiera ya lo tengo más que olvidado, y no te creas, lo echo verdaderamente de menos.

Su vocabulario soez me irrita, y todo porque sigue sin quitarle los ojos de encima a Julia, con una nada disimulada lascivia, y no entiendo nada, la verdad.

¿A mí qué cojones me importa cómo la mire o deje de mirarla?

En fin, aparto esa parte que no me interesa y me dedico a seguir los pasos de Iván, reuniéndome con la *family* al completo.

Menudo planazo, ¿eh?

***

Julia

—Ay, Jesús, ¿qué esa es su familia?

El comentario desproporcionado de Susi, nos pone a Paula y a mí en un estado de alerta inmediato.

¿Y a esta qué le pasa ahora?

—Venid conmigo, tenemos que hablar.

Paula y yo la seguimos, pedimos en la barra

que queda más alejada del lugar en el que se encuentra Sergio, y Susi nos pone en antecedentes.

—Observad bien a la que supongo debe de ser la madre de Sergio y decidme por favor que no os suena de nada.

Paula y yo nos miramos, encogemos nuestros hombros, y soltamos a la vez:

—Pues no, no nos suena de nada en absoluto, ¿debería hacerlo?

—¿Cómo qué no? Imposible, ¿acaso vosotras no leéis las revistas cuando estáis en la peluquería?

—Susi, deja la intensidad a un lado y di lo que tengas que decir, anda —la apremia Paula con interés.

Y Susi le hace caso.

—Esa que tenéis ahí, delante de vuestros ojos, sale infinidad de veces en el *Hola*, la llaman la marquesa, porque su esposo ostenta al título nobiliario en cuestión, y le gusta posar junto a su marido en las mansiones mastodónticas que tienen por medio mundo. Madre mía, Julia, anda que no había hombres a los que tirarte, y vas y eliges al hijo de una marquesa. Vaya con la mosquita muerta, tú sí que sabes, sí señor. Al final terminas en el *Sálvame Deluxe* contándole al Jorge Javier tu *affaire* con el hijo de tan ilustre personaje, y si no al tiempo.

—Pero mira que eres boba, aunque ahora entiendo su comentario acerca de su familia. No es de extrañar que a su madre le diera un *parraque,* o algo parecido, si descubre a su hijo con una tía tan normal como lo eres tú, Jul —secunda Paula, mirando a la mujer en cuestión con interés—, oye, pues es cierto que me suena, y no es de las revistas, sino de la tele.

—Pues yo, lo que entiendo es a lo que se refería Sergio cuando me dijo que le hacía la vida imposible, por lo visto no parará hasta comprometerlo con una mujer adecuada para él, y de ahí a que la Catalina esa estuviese por aquí. No es la primera vez que le tiende una encerrona de esas características, la muy lagarta.

—Joder, con la mamaíta, pues espero que se vayan pronto y os dejen acabar la noche en paz… o más bien dándole al *tralarí* que te vi, ahora que le has cogido el gustillo, so guarra.

Las tres nos descojonamos de la risa, ante sus ocurrencias dispares, y allí nos quedamos, ojo avizor, mientras no le quitamos los ojos de encima a la particular familia de Sergio.

Vaya, vaya, que guardadito se lo tenía.

***

Sergio

A tomar por culo los planes que tenía reservados para Julia, mi santa madre no me lo permite, poniéndose en modo intenso, y nada, que no hay manera. No acepta ninguna negativa y termino acompañándolos al hotel, no ha parado hasta salirse con la suya, y yo, que soy gilipollas, no he sido capaz de contradecirla.

Cuando se pone así de intensa es mejor seguirle la corriente o a la larga será peor, lo sabré yo, y sopeso una opción que ya ni sé si es la acertada.

¿Existe la mera posibilidad de que se huela algo acerca del tonteo que nos traemos Julia y yo?

Discrepo, no creo que exista esa posibilidad, aunque, por si acaso, prefiero seguir sus dictámenes y obedecer. Si llega a descubrir la existencia de Julia todo es posible, además, por mucho que le dijera que es un mero pasatiempo, dudo de que cejara en el empeño de alejarme de ella. Sé cómo piensa, y se cabrearía al intuir que Catalina se ha terminado marchando porque no le he hecho ni puto caso.

Paso, no correré el riesgo, además, sé lo que tengo que hacer para poner a Julia al corriente de lo que sucede, todavía no está todo perdido, y aprovecho para escribir mi número de móvil en una servilleta. Me niego a pasar la noche solo cuando existe la posibilidad de que la mujer que desata mi pasión, y que es pura ambrosía, pueda acompañarme en otra memorable tanda de sexo de la mejor calidad.

Me niego.

Y así es cómo, con disimulo, y antes de marcharme, me acerco por detrás, le meto el papel en el bolsillo trasero del pantalón y le susurro una escueta frase.

—Llámame, te estaré esperando.

Sin más desando los pasos, con la seguridad de que mi madre no se ha dado cuenta de mis movimientos, y nada más lejos de la realidad.

Por las fotografías que le han enseñado sabe, a la perfección, quién es la mujer a la que pretendo ocultar sea como sea.

Iluso.

CAPÍTULO 18

Julia

Son las dos de la madrugada y aquí sigo, en el *pub*, con la servilleta que me ha dado en la mano, y sin atreverme a dar el paso de algo tan sencillo como echar un vistazo a su número de móvil. ¿Qué os parece? Sí, soy patética, pero tiene su porqué.

Sabéis lo que me prometí a mí misma, debo ser consecuente y no intercambiar ningún dato personal con él, o será veinte mil veces peor para mí.

¿Cómo actuaría en Madrid si existiese la posibilidad de mantener el contacto?

Y aquí haré una revelación, aunque supongo que ya la intuís. Y me refiero a que ya es hora de admitir, por activa y por pasiva, que lo echaré terriblemente de menos a cada minuto, segundo, hora, día o semana, y tener en mi poder ese número lo complicaría todo, llegando a existir la posibilidad de no ser capaz de cumplir mi propia promesa. En tal caso, la perjudicada sería yo, y solo yo, puesto que no puedo pedirle algo que ya tengo vetado de antemano.

Buf, menudo lio tengo encima, y la cabeza no para de darme vueltas y más vueltas.

¿Qué hago?

¡A la mierda!

Tomo una decisión y, antes de que pueda arrepentirme, rompo el papel en dos trozos, después en tres y…

—¿Estás loca? ¿Qué haces?

Susi me quita los pedazos y los une como buenamente puede.

—No me conviene saber su número, Susi, cuando esté en Madrid será peor y me crearé unas ilusiones que no puedo permitirme, ya lo sabéis.

Las dos se miran con signos evidentes de preocupación.

—Ya estás pillada, ¿eh? Mira que te lo advertimos.

—Dejadme en paz, chicas, no es el momento —pronuncio con voz lastimera—. Me voy al hotel.

—No, tú no te vas al hotel, hablaré yo con Sergio y después destruiré el dichoso número, ¿contenta?

Mi cara cambia en décimas de segundo.

—¿Harías eso por mí?

—¿Acaso lo dudas? —pregunta con una media sonrisa, mientras marca en su teléfono móvil. Unos segundos después—: No, Sergio, no soy tu cariño. Te paso con ella.

Susi pone los ojos en blanco y me dice:

—¿Ya te llama cariño? Puaj, que asquito dais.

Le quito el móvil de la mano y me aparto hacia la salida. Mi cara es el reflejo del alma.

—Hola —susurro con voz tímida.

—Hola.

—¿Todo bien?

—Ajá. ¿Vas a venir?

—¿Quieres que vaya?

—¿Qué pregunta es esa? Ya lo sabes.

—Sí —afirmo con la cara colorada—, pero me gusta que me lo digas.

De fondo suena su respiración, parece agitada, y ese detalle me pone a mil.

—Julia.

—¿Sí?

—Si no te tengo desnuda en mi cama, ya, barajo la posibilidad de que enloquezca. Con escucharte la voz ya estoy empalmado, cariño, ¿necesitas que te lo explique mejor, o ya te haces una idea?

—En diez minutos estoy ahí, espérame.

—Como el agua de mayo, Julia. Ya estás tardando.

Oh, my god, presiento la nochecita que nos espera y ya empiezo a dar palmas con las orejas.

—Chicas, me voy.

—¿Serás golfa? Anda, anda, tírate a ese maromo, date un homenaje y luego nos cuentas cómo de grande la tiene, que ni siquiera hemos hablado de los pormenores.

—¿Qué? Tú estás mal, Paula.

—No, lo que estoy es muerta de la envidia, aquí las que veníamos a desquitarnos éramos nosotras, en cambio mírate, si eres otra…

—Es verdad —afirma Susi señalándome con el dedo índice—, secundo cada una de las palabras de Paula, y ya que nosotras no nos hemos comido un rosco, deja el listón bien alto, ¿eh? Que no se diga.

—No tenéis remedio, chicas.

—Anda, vete ya. Ah, y que no se os olvide usar el condón, que con tanta pasión parecéis un par de adolescentes con las hormonas revolucionadas. Solo falta que lleguemos a casa con un problema de los gordos para rematar la *Marimorena*.

En cuanto pronuncia esa frase un pálpito me sacude.

«Ay, Dios, que no me he tomado la píldora del día después, con tanto *folleteo* se nos ha olvidado por completo».

Bueno, según tengo entendido todavía estoy a tiempo, y mañana será lo primerito que hagamos. Debemos de resolver el asunto cuanto antes y centrarnos en lo que de verdad importa.

Exacto. Nosotros y el poco tiempo que nos queda para estar juntos, lo demás carece de importancia, y por lo tanto sobra.

***

Abro los ojos, observo la habitación de cuento y busco a mi príncipe azul con la mano.

Su lado está vacío.

Vuelvo a cerrarlos y sonrío. Definir la noche que hemos pasado juntos es imposible, me duelen hasta las pestañas, y recreo las mil maneras en las que Sergio ha conseguido que me sienta especial. No solo se ha limitado a darme placer, oh, no, ha estado pendiente de mí en todo momento y, de nuevo, se ha encargado de llevarme hasta el baño cogida en brazos, allí me ha enjabonado con adoración y ha terminado lavándome el pelo con un cuidado extremo. Vamos, que su preocupación hacia mí ha sido bestial, y mis lágrimas así lo corroboran.

¿Cómo no enamorarse de un hombre tan atento, servicial y guapo?

Im-po-si-ble.

Bien, hora de levantarse.

¿Estará en la ducha?

Pues no, una nota sobre su almohada me da la pista del lugar en el que se encuentra.

Buenos días, princesa.

Tanta energía física ha alterado mi sueño y he subido a las pistas a esquiar un rato, antes de que te despiertes estaré de vuelta. Son las ocho de la mañana y, teniendo en cuenta lo que dormiste la última vez, te quedan otras siete para recuperarte. Hazlo, porque llegaré hambriento.

Sergio

Estrujo la nota contra el pecho y decido darme una ducha. Son las once de la mañana y supongo que su regreso será en cuestión de minutos, por lo tanto actúo con rapidez, quiero sorprenderlo, y para que suceda llamaré al servicio de habitaciones.

Necesitamos un desayuno potente para continuar con nuestro ritmo imparable, ya vaticino que el apetito sexual retomará el control en cuanto atraviese esa puerta, así que pediré un poco de todo. Los recepcionistas de este pedazo de hotel hablarán varios idiomas y el español será uno de ellos, seguro. Menos mal.

Me doy una ducha corta, con unas expectativas brutales, y me visto con la ropa del día anterior, no me queda otro remedio, y pienso en que deberé de planificar lo poco que nos queda de estar juntos, para ello meteré en una mochila ropa de recambio y la llevaré conmigo.

Y ahí estoy, tan tranquila, cuando unos golpes en la puerta me sobresaltan y llegan a mis oídos.

Vaya, ¿se habrá olvidado Sergio de coger la tarjeta de la habitación? Pues al parecer sí.

Con pasos acelerados acudo a abrirle, solo ha pasado media hora desde que me he despertado, pero se ha convertido en eterna.

¿Cómo es posible que lo haya echado tanto de menos?

Buf, mejor dejo a un lado ese tipo de pensamientos, no me convienen, y me centro en lo único que de verdad importa, ya tendré tiempo de analizar cada instante cuando llegue a casa.

—Voy.

Abro la puerta, con una cara que irradia alegría por los cuatro costados, y...

Y me llevo la sorpresa de mi vida.

CAPÍTULO 19

Julia

—Buenos días —pronuncia la marquesa, mientras me aparta a un lado de un manotazo y con la grandeza que le precede.

—Buenos días —contesto con estupor, con cara de gilipollas y, ante todo, con cara de no saber cómo actuar.

Ay, Jesús, ¿qué hago yo ahora?

—Pasaré por alto tu indumentaria, muchacha, pagamos un dineral por estar alojados aquí, y debes de tener una excusa la mar de importante para desempeñar tu trabajo vestida de cualquier manera.

—¿Qué?

—Anda, anda, que pareces tonta, sigue limpiando la habitación y haz como si yo no estuviese aquí, no es tan difícil, ¿no?

—¿Va a quedarse? —pregunto escandalizada.

—¿Qué pregunta es esa? Vaya, vaya, además

de tonta, cortita, ¿eh?, pues claro que voy a quedarme, esperaré a mi hijo.

Y va y se sienta en uno de los sillones, lo hace con una pose de diva total, y yo, mientras, me hago pequeñita a su lado.

—¿No me has oído? Vamos, a ejercer tu trabajo y a limpiar, que para eso te pagan.

La marquesa da una palmada, yo me sobresalto y me dejo llevar. Total, ¿qué le voy a decir? ¿Que soy el rollo de su hijo aquí en Suiza? Sergio me dejó claro que su familia no podía saber de mí y sus razones tendrá, así que no tengo otra alternativa que seguir los dictámenes de esa mujer, a la que ya odio, por cierto, y me pongo manos a la obra.

Sí, en efecto, me denigro a mí misma, soy consciente de que lo hago y, lo peor de todo, es que sé que obrará en mi contra, empezando por un vacío desolador que arrasa mi interior, agudizándose de mala manera, y siendo obligada a contener las ganas irrefrenables de llorar.

***

Sergio

Regreso de las pistas nevadas con una euforia total. Tras una noche memorable, disfrutando del mejor sexo, nada como terminar soltando adrenalina con los esquíes. Me siento el puto amo y acelero los pasos.

Sí, la necesidad de regresar junto a Julia es imperiosa, puedo decir que nunca antes me había sucedido algo así, y sigo dispuesto a disfrutar de cada segundo que nos ha brindado la oportunidad de conocernos.

Lástima que no pertenezca a mi mundo, en el caso de hacerlo...

«¿Qué? Déjate de gilipolleces y piensa con la cabeza, no con la polla», me digo apartando lo que no me conviene.

Entro en el hotel y subo en el ascensor. Los segundos que tarda hasta detenerse en la planta, en la que estoy alojado, se me hacen eternos, y todo por la erección de caballo que se manifiesta sin inmutarse.

Hay que joderse, parece que tanto sexo, sumado a tanto ejercicio sobre las pistas, no ha sido suficiente para dejarme satisfecho, parezco un puto crío, y la culpable es Julia.

Abro la puerta, me voy despojando de las prendas que sobran, que son todas, y me quedo helado al contemplar la imagen que se presenta ante mí.

Joder.

Joderr.

Joderrr.

¿Acaso estoy teniendo una pesadilla? Porque sin duda lo parece.

—¿Mamá? —pregunto con estupor y con la cara blanca—. ¿Qué haces aquí?

—Esperarte, no has bajado a desayunar con nosotros y he decidido venir en tu busca. Te di cierto espacio, hijo, pero se acabó. Las vacaciones en familia son sagradas y lo sabes. Por cierto, ¿sabes que Catalina habló conmigo antes de ocurrírsele la disparatada idea de marcharse?

—¿Qué? —Su verborrea no me deja pensar, estoy en *shock,* y miro con disimulo a Julia.

¿Por qué está haciendo la cama?

No entiendo nada de nada, ni siquiera sé cómo diablos actuar, y me quedo plantado como un pasmarote.

—¿Has visto a esa? —dice mi madre señalándola con un gesto de cabeza—. No me puedo creer que ejerza su trabajo así, pero bueno, mientras lo haga bien nos servirá.

—¿Eh?

—¿Has desayunado?

—¿Eh?

—Hijo, estás muy raro, te he preguntado que si has desayunado.

—No.

—Pues vamos, te acompaño.

—Sí —alzo la voz de repente—, sí he desayunado, mamá.

—Hijo, ¿te sucede algo?

—Nada, es que vengo un poco cansado, nada más. He subido a esquiar un rato y he aprovechado para tomar algo ahí arriba.

«Piensa, Sergio, piensa la forma urgente de librarte de ella», me digo con premura. He de solucionar este entuerto como sea.

Como sea.

—Mamá, me doy una ducha rápida y bajo a tomar un café contigo, ¿vale?

Cojo su mano y trato de que se levante del sillón.

No lo hace.

—Ah, no, no, otro café no me sentará bien, además, hoy me voy de compras y…

Se queda callada, observando a Julia, y un mal pálpito me sacude.

¿Qué se le estará ocurriendo?

—Ahora que lo pienso, me vendrá bien que alguien me acompañe para cargar con las bolsas, oye tú, ¡muchacha!

Julia se da por aludida y yo presiento lo que va a suceder.

No será capaz, ¿no?

—Vente conmigo, serás la afortunada de acompañar a tan ilustre figura a lo largo de la mañana, ¿qué te parece?

—Mamá, no creo que…

—Sergio, ¿no ibas a ducharte? Aquí sobras — se manifiesta con un rictus helado y esclarecedor. Está acostumbrada a salirse siempre con la suya y esta vez no será menos.

Lo sabré yo.

La encrucijada en la que me encuentro es difícil de cojones y continúo sin saber qué hacer.

Es entonces cuando miro de reojo a Julia y sé que está a punto de echarse a llorar, aun así, asiente con la cabeza.

Este pedazo de mujer está dispuesta a degradarse por mí, ¿y yo lo voy a consentir?

No me da tiempo a mucho más, cuando me quiero dar cuenta, mi madre coge del brazo a Julia y la arrastra al exterior, mientras yo me quedo como lo que soy, un grandísimo cabrón.

Sí, lo soy.

***

Julia

La pesadilla en la que estoy inmersa dura dos horas, cuarenta minutos y treinta y dos segundos con exactitud, y en ella me encuentro con una amarga sorpresa, como si no tuviese ya bastante. Y me refiero a la compañía inoportuna que acompaña a la marquesa.

¿Cómo es posible que la dichosa Catalina siga en Suiza? Sergio va a alucinar cuando lo sepa.

—Mira, Catalina, este conjunto de lencería es el ideal para reconciliarte con mi hijo.

¿Qué?

—Sí, es precioso, y el color preferido de Sergio. Lo compraré.

—No, no, considéralo un regalo de tu futura suegra, estoy deseando que fijéis una fecha para la boda.

Oigo la conversación al dedillo, ya se encargan las dos arpías de que la escuche, y el corazón se me paraliza.

¿Puede ser que Sergio me haya mentido a propósito con el objetivo tan simple de meterla en caliente?

No, no puede ser.

—Sí, cuando lleguemos a Madrid es lo primero que haremos. Allí tendré que atarle en corto, le he pillado en un renuncio y supongo que tiene una aventura con alguna cualquiera, por ello le crucé la cara y le hice ver que me marcharía al día siguiente. De no ser por ti, y tu insistencia, no estaría aquí.

—Bah, si es cierto pronto se cansará de ella, Sergio sabe lo que le conviene, hija, y te doy las gracias por ser tan generosa. Hay veces en las que una tiene que hacerse la tonta y mirar hacia otro lado, te lo digo por experiencia, al igual que te digo que obtendrás tu merecida recompensa. Sabes que mi hijo es un buen partido para ti y tú para él, antes o después se dará cuenta y se acabaron los malentendidos.

—Lo sé.

Catalina se gira, me mira con soberbia y pronuncia con toda la mala fe posible:

—Tú, lleva este conjunto a caja y ten cuidado. Entiendo que nunca habrás visto nada tan lujoso, debes de ser de las tantas que usan la ropa del Primark, así que ten cuidado, anda, que vale más que tú.

Cojo el conjunto con manos temblorosas y con la cabeza agachada. Jamás me he sentido tan humillada y, aunque lo hago por Sergio, no sé si merece la pena.

¿La merece?

Dudo, mi instinto sigue en sus trece de creer en él, pero mi sentido común discrepa bastante.

«¿Y tienes dudas? Hay que ser gilipollas para denigrarse por alguien desconocido, por muy bien que folle», alega mi yo interior.

Mi moral termina minada y no puedo más.

Tiro al suelo el dichoso conjunto y echo a correr con el corazón roto, las lágrimas abrasando mi piel, y la sensación de que me acaban de dejar tocada y hundida para los restos de los restos.

—¡Julia!

Anda, pues por lo visto no han acabado conmigo, y detengo la carrera al escuchar mi nombre por boca de la madre de Sergio.

¿Cómo es posible que lo conozca?

La marquesa se acerca con pasos de superioridad, de seguido abre el bolso de Carolina Herrera, y me tiende varios billetes de quinientos.

—Supongo que habrás aprendido la lección. Catalina y mi hijo se terminarán casando y tú volverás a tu vida de siempre. Considérate una afortunada por haber vivido un cuento y hazte un favor a ti misma. Coge el dinero, compra un billete de avión para hoy mismo y esfúmate de un mundo que te queda grande. Sergio no es para alguien de tu calaña, Julia.

Mi cara debe de reflejar el estado en el que me han dejado estas dos, estoy ojiplática e hiperventilo por la conmoción, creo que en cualquier momento va a darme un ataque de ansiedad, y las muy brujas ni se inmutan. Es más, como me he quedado estupefacta, va la marquesa y me mete los billetes en el escote, como si fuese una puta, y después se marchan tan campantes.

¿Y ahora qué?

CAPÍTULO 20

Julia, Madrid

Aterrizamos en el aeropuerto esa misma tarde y mis amigas se encargan de dirigir mis pasos, continúo sin creerme lo que ha sucedido, y ellas saben estar a la altura de las circunstancias.

Menos mal, son mis guardianas y, después de recoger las maletas, nos dirigimos hacia la salida, cogemos un taxi y ambas me acompañan hasta casa.

El comportamiento de las dos me da la pista de lo que sucederá a continuación y no me equivoco. Mira que les he dicho por activa y por pasiva que quiero estar sola, lo necesito, y nada. Ellas siguen empecinadas con lo suyo, son conocedoras de mi estado anímico y este se encuentra por los suelos, de ahí a que no me hagan ni puñetero caso.

Son adorables, en serio os lo digo, pero necesito llorar en soledad, ahogar mis penas como pueda y, sobre todo, abrazar al reno de peluche que me dio Papá Noel. Sí, ya sabéis que soy una ridícula de campeonato, ¿y qué?

Bueno, y como no puedo con ellas, elijo la opción más inteligente: aliarme a mis *loquis*. ¿Cómo lo hago? Fácil, dejándome llevar.

Una vez en casa, compartimos el poco alcohol que guardo en el mueble, vaciamos todas las existencias habidas y por haber, y hablo y lloro hasta el amanecer. Ellas, mientras, se dedican única y exclusivamente a escuchar cada uno de mis lamentos, sin decir ni pío, y mira que les debe de costar con lo que ellas son. Pero claro, mejor que nadie saben que necesito soltar lo que llevo dentro, y lo que prefieren es no echar más leña al fuego, de momento.

Al final terminamos dormidas en el minúsculo salón, encima del sillón, y con una moña de campeonato.

Mejor, al menos, así, Sergio no importa, no existe y habrá que esperar varias horas para ver cómo soy capaz de afrontar el marrón que tengo encima, porque doy fe de que lo tengo.

Mi manera de gestionar los sentimientos nunca ha sido la acertada, es mi asignatura pendiente, y mucho me temo que se agudizará con lo sucedido en St. Moritz.

¿Cómo olvidar a un hombre que me ha dado tanto, a pesar de ser un grandísimo fiasco?

Sin duda es una buena pregunta.

***

Se suponía que la Nochebuena la pasaríamos en Suiza, y mira tú por dónde la pasamos, también, en mi casa. Susi y Paula han antepuesto su amistad conmigo, a la familia, y me siento culpable.

¿Qué clase de compañía puedo ofrecerles cuando no tengo ganas ni de vivir? Para celebraciones estoy yo…

En cuanto les abro la puerta se hacen a la idea de mi estado. La única indumentaria que llevo puesta es el chándal más viejo que debí de haber tirado a la basura hace mucho tiempo, una cola de caballo y unas ojeras que me llegan hasta el suelo.

—¿Así sigues por ese cabrón? Nena, con lo que tú vales no deberías de malgastar ni una sola de tus lágrimas, que le den por el culo. Además, sabías que lo que pasara allí, allí se quedaría, ¿no era el trato desde el principio?

—Anda, aparta —le dice Susi abrazándome con ternura—, cielo, tú tranquila, hemos traído provisiones.

—¿A eso le llamas provisiones? —escupe Paula con estupor—, esto sí que son provisiones, lista.

Alza las bolsas del supermercado de abajo, para que las mire, y Susi pone los ojos en blanco.

—Sí, sí, lo que tú digas, pero ya me dirás tú quién se va a comer todo eso.

—Pues nosotras, ¿quién si no?

—¿Nosotras? ¿Ves como no te enteras de nada? Lo que Jul necesita es una buena cogorza, y cuanto antes la cojamos mejor que mejor, ¿a que sí, Jul?

Las dos pasan al interior, sin que esperen a

que las invite, y terminamos cantando villancicos, desafinando como si no hubiese un mañana, poniendo a parir al cabrón por el que estoy así, a su puta madre, y con otra cogorza de las gordas.

Jo, a este paso una de dos, o lo olvido pronto o corro el peligro de volverme una alcohólica.

¿Merecerá la pena? Y es que, olvidarlo, lo que se dice olvidarlo, no podré llevarlo a cabo en mi puñetera vida, lo tengo claro y toca asumirlo.

—¡Joder! —Suelto por la boca de la angustia que tengo, y eso que nunca digo palabras malsonantes.

***

Han pasado diez días y sigo igual. No salgo de casa, el apetito me ha abandonado, tengo náuseas por la mañana y lloro a cualquier hora del día, de la tarde o de la noche. Mis amigas están muy preocupadas y las entiendo, solo que soy incapaz de levantar el ánimo y me limito a ver pasar la vida.

Así, sin más.

***

Y llega el duodécimo día, un día que para mí es uno más, en el que hago caso omiso a los consejos de mis amigas y sigo negándome a la necesidad imperiosa de, al menos, buscar un trabajo. De no hacerlo, ¿cómo pagaré el alquiler y los gastos?

Me la pela, continúo inmersa en un pozo, con el agua a la altura del cuello, y nada, que no reacciono. De lo único que soy consciente es del dolor que me atraviesa el alma, mientras las preguntas de siempre asolan mi paz interior, la cual permanece dinamitada por completo.

Y aquí vienen las dichosas preguntas:

¿Cómo fue capaz de dejarme en manos de su madre si sabía que iba a destrozarme anímicamente?

¿Qué clase de hombre miente acerca de sus relaciones personales con tal de aprovecharse de una mujer tímida e insegura?

¿Por qué tuvo que cruzarse en mi vida?

¿Cuál era su propósito desde el primer día? ¿Reírse de una persona tan ingenua como yo?

Y la que causa más daño:

¿Interpretó un papel estelar para camelarme, o por el contrario sintió cada beso, caricia o cada vez que hicimos el amor? Porque lo hicimos, mi mente insiste en borrar esa parte de los recuerdos, hacerme creer que no existieron, y no puede.

¿Cómo olvidar al hombre que se ha convertido en una parte imborrable para mí a pesar de lo que terminó consintiendo?

Y no, no acepto que estoy loca, que magnifico lo que pasó y que debo de bromear al referirme a él como el hombre de mi vida. Hay veces que no importa la duración de una vivencia, oh, no, nada más lejos de la realidad, y es mi caso.

¿Qué importancia tiene si con esa persona has sentido más que en toda tu puñetera vida?

Ya, lo que sienta él, o no, es otra cuestión, ahí sí barajo la posibilidad de que haya interpretado un papel estelar con la condición de conseguir el premio por excelencia.

Sí, a una imbécil como yo.

Que le den, seguro que si se presentara a los Óscar le entregarían la estatuilla a la mejor interpretación del año, eso seguro.

A ver, que empiezo a dispersarme. He comenzado contándoos que el duodécimo día amaneció siendo normal, pero aquí debo deciros que no lo fue. Yo aún no lo sabía, y aquí recalcaros que mis amigas tuvieron mucho que ver con los hechos que se sucedieron a continuación.

Vamos, todo. La desesperación al comprobar que cada vez me hundía más y más las mantenía en vilo, es por ello que, bajo su cuenta y riesgo, decidieron incumplir mi orden expresa y tomaron una decisión.

¿La queréis saber? Pues seguid leyendo, se acerca el final.

CAPÍTULO 21

Sergio

Nada es igual sin ella, nada. ¿Cómo es posible que la eche tanto de menos?

Echo la vista atrás y la culpa me reconcome por dentro. Cuando quise actuar ya era tarde, Julia se había ido y yo me quedé como un pollo sin cabeza.

Sí, así es, y todo porque en su hotel me dijeron que la habitación en la que se alojaban las tres volvía a estar libre, lo que significaba que habían adelantado la vuelta a Madrid, y ese detalle me dejó consternado. Julia nunca se hubiese marchado sin despedirse, el grado de unión que ha surgido entre nosotros lo grita a los cuatro vientos, y el escenario con el que me encuentro es desolador.

¿Qué le ha hecho mi madre?

Y reconozco que, en otras circunstancias, me hubiese limitado a ser inteligente y a callar, pero no esta vez. La marcha de Julia me ha afectado más de lo que debería y, sin ella saberlo, ha conseguido darme el coraje suficiente para enfrentarme a la todopoderosa marquesa. Sí, me la suda que ponga el grito en el cielo, también que pueda ofenderse, y acudo en su busca para hablarle con una claridad sorprendente.

Y así es cómo le admito la relación que hemos mantenido, para continuar exigiéndole una explicación acerca del por qué la confundió con una chica de la limpieza, cuando un hotel de estas características no puede permitirse un fallo tan escandaloso, y de seguido la acuso de saber quién era ella, de querer apartarla de mí y de entrometerse por enésima vez en mi vida, y ya estoy harto.

Hasta aquí he llegado, esta vez se trata de Julia. Sí, de Ju-li-a y desde luego que no es una más en mi vida. Oh, no, imposible. Su manera de ser se ha grabado a fuego en mi interior y no puedo apartarla de mi cabeza, así que voy a saco contra mi madre.

Y aquí os diré que la susodicha no soltó prenda, se hizo la tonta y puso el grito en el cielo pero, incomprensiblemente, de repente, cometió el error garrafal de decirme que Catalina seguía en Suiza, que se lo había pensado mejor y que se quedaba para darme otra oportunidad.

Aluciné, ¿otra oportunidad? Esta tía es tonta del culo, ¿qué oportunidad?

Si no quiero ni verla.

Y ahí fue cuando una revelación acudió a mi mente y barajé la posibilidad de que Catalina supiese lo sucedido entre Julia y mi madre, ¿puede ser que también estuviera presente?

Lo comprobé y me quedé muerto. La muy cobarde se amparó bajo el manto de mi madre para humillarla, disfrutó poniéndome en antecedentes de todo lo ocurrido en la tienda, y ahora entiendo la huida de Julia. Pensar que yo lo consentí al quedarme callado…

Desde ese día me aborrezco, soy el verdadero culpable, y todo por no saber actuar a tiempo.

Maldigo mi suerte, una persona como Julia no se merece el trato vejatorio que emplearon con ella y, aunque todavía no entiendo cómo no se negó a acompañarlas, mi admiración crece.

¿De verdad lo hizo por mí?

No me lo merezco, y me arrepiento de haberla conocido.

Con mi aparición solo he conseguido hacerla sufrir y os lo prometo, el remordimiento no me deja ni a sol ni a sombra. Quizá, por ello, le eché un par de huevos y llamé al móvil de su amiga en cuanto fui conocedor de los hechos. No tenía otra manera de dar con ella, y le di las gracias a la ocurrencia de dejarle mi móvil apuntado en una servilleta. De no haberlo hecho no existiría la posibilidad de intentarlo, al menos.

¿Qué importaba que su amiga me pusiera a caldo? Al fin y al cabo es lo que merecía.

Mi sorpresa se agudizó cuando Susi me dijo que no volviera a llamar, después de llamarme hijo de puta, y se acabó.

Colgó.

Lo intenté más veces, y en cada una de ellas el mismo resultado, se limitaba a colgarme y punto.

¿Y ahora qué?

Pues ahora fui capaz de coger al toro por los cuernos, adelanté mi vuelta a Madrid y dejé a mi familia a un lado. Por mi parte se acabó lo de seguir aparentando que me daba igual que se entrometieran en mi vida personal, yo no era como el resto de mis hermanos y eso, para bien, o para mal, era así.

Punto.

Una vez en Madrid, no me di por vencido y llamé a Susi cada día, siempre con el mismo resultado, hasta que un día cambió mi suerte.

***

Plaza Mayor de Madrid

—Hola —mi voz denota los nervios que tengo. Estas dos son capaces de desollarme vivo y razón no les faltaría.

—Déjate de formalidades y vayamos al grano, si por mí fuera no estaría aquí, compartiendo el mismo aire con un hijo de la gran puta como tú.

—Estoy de acuerdo con Paula, que lo sepas, aunque te daremos la oportunidad de explicarte. Tienes un minuto exacto, y no te estoy mintiendo.

Y va y pone el cronómetro, ya puedo ingeniármelas para que me escuche o esta reunión no servirá de nada.

Lo pienso durante unos segundos y, de repente:

—Julia no es una más, me importa, asumo mi parte de responsabilidad en lo sucedido y solo quiero saber cómo está. ¿Queréis que siga?

Susi mira el reloj.

—Tienes más de cuarenta segundos, inviértelos bien y ya veremos después.

Suelto el aire, la presión que tengo es brutal y, aun así, suelto por mi boca:

—Catalina ha sido la que me ha contado lo sucedido, la he mandado a tomar por culo y, en cuanto a mi madre, la he dejado en Suiza al borde del infarto. Debe de seguir incrédula por mi comportamiento, pero ha dejado de importarme.

—¿Y por qué habríamos de creerte?

—Porque por primera vez en la vida vuestra amiga ha conseguido despertar en mí sentimientos que ni siquiera sabía que tenía, porque no duermo pensando en si ella está sufriendo, porque no puedo apartarla de mi cabeza y, por encima de todo, porque necesito verla.

—¿Con qué propósito?

—Ni siquiera yo mismo lo sé.

—Entonces déjalo, antes o después te olvidará y serás lo que mereces, un mal recuerdo.

—Vosotras no sois la que tenéis que decidirlo —les digo serio—, decidme la manera de verla y que sea ella la que decida, es su vida.

Ambas se miran y adivino lo que piensan.

Están dudando y ese detalle obrará a mi favor.

—Por favor, sé que tenéis motivos para odiarme, pero dadme la oportunidad de pedirle perdón, de decirle que es importante para mí y que estoy dispuesto a desmarcarme del apellido que tengo con tal de seguir conociéndonos, venga, chicas, si Julia fuese una más me importaría un bledo y desde luego no estaría aquí, haciendo un ridículo extremo delante de vosotras dos.

—Hombre, visto así…

—Pero mira que eres blandita, Paula, no me fío de él.

—¿Qué te hace falta para hacerlo?

—Mmm, déjame pensar.

—Ay, madre, Sergio, no sabes lo que acabas de hacer, prepárate.

CAPÍTULO 22

Julia

—Jo, chicas, de verdad, no insistáis.

—¿Cómo que no insistamos? Te encanta la cabalgata de los Reyes Magos, nunca faltas y hoy tampoco lo harás.

—Vosotras estáis mal, ¿de verdad creéis que estoy para cabalgatas?

—No, por eso seremos nosotras las que te acompañemos este año.

—¿Qué?

—Lo que has oído, ya que no fuimos a la casa de Papá Noel iremos a ver a los tres tíos esos de las capas, ¿qué te parece?

—¿Habláis en serio? —digo con una sonrisa después de tantos días.

—Mal que nos pese, sí.

—Está bien, pero ya os aseguro que no seré una buena compañía.

—Sí, sí, lo que tú digas, venga, a vestirte.

—Está bien.

Me dirijo a la habitación mientras mis dos *loquis* chocan sus palmas.

***

El ajetreo es inmenso, cuanto más te acercas al recorrido establecido más y más gente hay. Las risas y el nerviosismo de los niños delatan el entusiasmo que los precede, pues la noche mágica está al caer y todos quieren admirar las carrozas, recoger caramelos y saludar a sus majestades de Oriente. Sí, admito que el ambiente es único, y consigue ponerme más nostálgica de lo que ya estoy. Además, si no tuviese ya bastantes problemas, he recordado un pequeño detalle de nada, nah, de esos que casi no tienen importancia, y todo a raíz de las náuseas que sigo teniendo todas las mañanas. Ahí va:

¿Cómo se me pudo olvidar ir a la farmacia para pedir la píldora del día después?

Ni siquiera he tenido el valor para decírselo a las chicas, y eso que puedo estar metida en un follón de los gordos. Soy muy regular y la regla no me ha venido, tengo un retraso de cinco días, y es por ello que he aceptado la propuesta de Susi y de Paula.

Necesito un poco de distracción o me volveré loca del todo.

¿El retraso puede ser debido a mi estado anímico o por el contrario estoy embarazada de verdad?

Ay, Jesús, no quiero ni pensarlo.

Las primeras carrozas empiezan a aparecer en nuestro campo de visión y dejo la mente en blanco. Voy a disfrutar del espectáculo y después ya veremos.

Y ahí estoy, mirando cada una de ellas cuando…

—Chicas, ¿veis eso?

—Lo vemos, Jul, lo vemos.

—Pero…

No acierto a pronunciar ninguna palabra más, y todo a consecuencia de observar, con mis propios ojos, la última carroza con una fotografía MIA.

¿Qué?

¿Cómo es posible?

No puede ser.

Miro con más atención y mis piernas tiemblan, es entonces cuando mis amigas me sujetan y dicen la mar de contentas:

—Ahí tienes tu deseo de Navidad, porque suponemos que es lo que pediste ese día en Montreux, ¿no?

—¿Qué? —pregunto alucinada.

No es para menos y es que, a pocos metros de mí, una carroza aparece con mi foto y con un letrero que dice así:

BUSCO A LA QUE PUEDE SER LA MUJER DE MI VIDA, SE LLAMA JULIA Y ESTÁ POR AQUÍ. ¿ME AYUDAS A ENCONTRARLA?

Y en el centro, como si se tratase de un cuento de Navidad, aparece Sergio enfundado en un traje de *Santa Claus*.

¿De verdad?

—Aquí, aquí —comienzan a decir las personas que tengo al lado.

Sin casi darme cuenta soy empujada por la multitud, llego a la carroza y me aúpan entre unos cuantos.

El mundo se detiene en cuanto me encuentro frente a Sergio. No sé qué hacer, aunque tampoco hace falta.

—Cariño, estás aquí.

Acaricia mi cara con devoción y besa mi mejilla. Parece que duda, no sabe cómo voy a responderle y, aunque debería de cruzarle la cara, no lo hago.

—Sergio, ¿qué locura es esta?

—Mi manera de pedirte perdón, cariño. Me comporté como un puto crío y dejé que mi madre te humillara, pero nunca más, te lo prometo.

—¿Qué?

—Borra todo lo que te dije. Si quieres, y me dejas, desearía conocerte mejor, darnos una oportunidad y averiguar hacia dónde nos lleva esta puta locura. Sí, Julia, estoy dispuesto a todo por ti.

La decepción que me llevé con él es la consecuente de que mi coraza se active, es lo mejor, y para ello voy a saco, con un tema que lo espantará de allí, y pronuncio:

—Sergio.

—Dime.

—¿Te acuerdas de la noche en la que no usamos el condón?

—Como para no acordarme —no puede evitar

reírse.

—¿Y te acuerdas de que no fuimos a la farmacia?

—¡No me jodas!

—Sí, Sergio, eres el primero en saberlo, existe la posibilidad de que esté embarazada, así que déjate de cuentos, que no estamos para ello.

Sergio enmudece, se queda blanco e intuyo que ahora es cuando se retira a su mundo de ricos.

—Julia.

—Dime.

—No voy a consentir que dejes de creer en la Navidad por un puto egoísta como yo, ¿estamos? Mira a tu alrededor, has conseguido que hasta yo me disfrace así, con tal de impresionarte, y te juro por Dios que disfrutarás de este momento, tú momento.

Le escucho con incredulidad y pierdo los papeles.

—¿Acaso no me has oído? Puede que esté embarazada.

—¿Y qué? Lo enfrentaremos juntos, Julia.

—¿Estás seguro?

—Nunca antes lo estuve tanto, y ahora, si significo algo para ti, me perdonarás, dejarás que te bese y que te demuestre lo importante que eres para mí.

Mis lágrimas no se quieren perder un momento tan único y ahí están, inundando las zonas por las que pasan.

—¿No dijimos que lo que pase en St. Moritz, se quedaba en St. Moritz?

—Eso fue antes de entender que no te podía

dejar escapar, Julia. Y ahora voy a besarte, ¿estás preparada?

—Para ti, siempre.

EPÍLOGO

Un año después, Sergio

Nuestra vida ha dado un giro de ciento ochenta grados, ahora vivimos en un piso de dos habitaciones, en un barrio normal, y mi estatus económico ha menguado considerablemente.

¿Y qué?

Cuando le dije a Julia que quería intentarlo hablaba en serio y con conocimiento de causa, mi familia no aceptó mi decisión y me puso en la encrucijada de elegir. O ellos o la que hoy es mi mujer y nuestra pequeña.

La decisión no fue difícil, me niego a pasar un solo segundo sin mi adorada Julia, se ha convertido en la mujer de mi vida, y ambos somos felices junto a la pequeña de la casa. Olivia pronto cumplirá tres meses, es nuestro mejor regalo y ya barajamos la posibilidad de darle un hermanito.

¿Quién nos lo iba a decir?

Y sí, aunque reconozco que al principio fue duro, cada día que pasa merece más la pena.

Dicen que el amor todo lo puede y es verdad. Lo puede.

En cuanto a mi profesión, también me vi obligado a adaptarme, los tentáculos de mi querida madre consiguieron ponerme de patitas en la calle, con la intención de que regresara a casa con el rabo entre las piernas, y resulta que ahora desempeño el puesto de contable en un taller mecánico, cobrando un sueldo precario pero, sumado al de Julia, podemos decir que nos apañamos.

El dinero no da la felicidad, en cambio mi mujer y mi hija sí. No me arrepiento de la decisión que tomamos, nos basta con estar juntos y disfrutar de los momentos únicos, como el que se va a producir en nada.

—Vamos o llegaremos tarde —apremio a mi mujer por segunda vez.

—Vaya, vaya, ¿impaciente por ver la cabalgata? —bromea Julia con Olivia en brazos.

—Pues sí, para esta muchachita es su primera vez, y no me lo pienso perder por nada del mundo.

—¿Y qué ha pasado con el hombre que odiaba la Navidad?

—La odiaba, hasta que llegó un hada y, con su varita mágica, cambió mi mundo y lo puso del revés.

—¿Ah, sí?

—Ajá, y gracias a ella soy el hombre más feliz del mundo.

—Vaya, ¿has oído a papi? Soy un hada con varita mágica y todo.

Cojo a Olivia en brazos y le doy el peluche de reno, sí, el mismo que le dio Papá Noel a Julia, y ya vaticino que será su muñeco favorito.

Salimos por la puerta y nos disponemos a disfrutar de las calles repletas de gente, de las luces navideñas y del encanto de cada rincón.

Todo lo demás no importa, solo la familia tan bonita que hemos formado, y esto solo es el principio.

En la esquina vemos a Susi y a Paula, no tardan en quitarme a Olivia de los brazos, y se dedican a lo que más les gusta. A mimarla, a quererla y a ejercer de las mejores tías que mi hija podría tener.

Sí, somos afortunados, no nos falta de nada y cojo la mano de Julia.

Juntos somos invencibles, ¿os habéis dado cuenta?

Y hasta aquí la historia de Julia y de Sergio, espero que os haya gustado, y ya, si consigo evadiros por unas horas, de los momentos tan difíciles que nos está tocando vivir, mi sueño se verá cumplido con creces. Me despido de vosotros y solo me queda desearos, con todo mi corazón, una FELIZ NAVIDAD.